KAPITEL EINS

1903

Der Marquis von Kyneston war bester Laune, als er in London eintraf.

Er fuhr seinen Vierspänner, und die vier Braunen davor erregten die Bewunderung sämtlicher Passanten.

Es drängte ihn, jemanden zu finden, dem er von seinem Sieg bei einem der schwierigsten Rennen, die es überhaupt für Pferde gab, berichten konnte.

Daher stoppte er das Gespann vor dem White's Club und übergab dem Pferdeknecht die Zügel.

»Bring die Tiere nach Hause in den Stall, James«, sagte er, »und schicke mir den geschlossenen Wagen. In einer Stunde soll er mich abholen.«

»Sehr wohl, M'lord.«

Stolz erhobenen Hauptes betrat der Marquis den Club.

Er hatte nicht nur ein schwieriges Rennen gewonnen, er hatte außerdem seinen eigenen Geschwindigkeitsrekord gebrochen.

Viele seiner Freunde zogen es neuerdings vor, mit der Eisenbahn zu fahren. Die Verwegenen unter ihnen setzten sich sogar in diese neumodischen Automobile, die dazu neigten, schon nach wenigen Meilen den Geist aufzugeben.

Für ihn kam das nicht in Frage. Er war fest entschlossen, seinen Pferden die Treue zu halten.

Zum Glück gab es noch eine große Zahl von Männern, die dachten wie er. Auch sie waren davon überzeugt, daß mit dem Untergang der Pferde auch der eigene besiegelt wäre.

Der Marquis betrat den Morning Room, wo er, wie erwartet, einige seiner Freunde antraf.

Als ersten sah er Willy Melivale, mit dem er auf der Schule gewesen war.

Er trat zu ihm und stellte fest, daß neben ihm noch ein Platz frei war.

»Hallo, Carew!« rief Willy. »Du brauchst nichts zu sagen. Ich sehe es deinem Gesicht an, daß du gewonnen hast.«

»Hab' ich«, entgegnete der Marquis. »Ich wünschte nur, du wärst dabeigewesen. Es war ein so knappes Kopf-an-Kopf-Rennen, daß Drayford und ich buchstäblich den Atem anhielten.«

»Aber der tatsächliche Sieger warst du«, meinte Willy mit einem Unterton von Sarkasmus in der Stimme.

»So ist es«, antwortete der Marquis zufrieden.

Er bestellte sich einen Drink. Dann lehnte er sich bequem zurück und dachte, daß dies einer der schönsten Tage in seinem Leben war.

»Was machst du heute abend?« fragte Willy. »Ich glaube, wir sollten zusammen zu Abend essen.«

Eine kurze Pause entstand.

Dann sagte der Marquis: »Das wäre schön gewesen, aber leider bin ich verhindert.«

Er dachte an Daphne Burton.

Das Zusammensein mit ihr würde der krönende Abschluß seines Sieges auf dem Rennplatz sein.

Er hatte Lady Burton vor vier Wochen zum erstenmal gesehen.

Bei einem Dinner auf Apsley House.

Bei ihrem Anblick hatte es für ihn keinen Zweifel gegeben, daß sie eine der attraktivsten Frauen war, die ihm je begegnet waren.

Sie hatte etwas Faszinierendes an sich.

Etwas, das weitaus wichtiger war als bloße Schönheit.

Er war dann keineswegs überrascht gewesen, als sie plötzlich neben ihm stand, nachdem er sich zusammen mit den anderen Gentlemen wieder den Ladies zugesellt hatte.

»Ich habe schon so viel von Ihnen gehört, Mylord«, hatte sie mit ihrer warmen, einschmeichelnden Stimme gesagt.

»Ich hoffe, nur Gutes«, erwiderte der Marquis.

Ihn amüsierte der fragende Ausdruck in ihren dunklen Augen und der Anflug von Spott auf ihren schön geschwungenen Lippen, als sie entgegnete: »Aber natürlich. Wie sollte es auch anders sein?«

Er lachte und wußte, daß sie beide in diesem Augenblick an seine Liebschaften dachten, über die man in der feinen Gesellschaft redete.

Der Himmel weiß, welche Mühe ich mir gebe, diskret zu sein, dachte er bei sich.

Aber er war einfach zu einflußreich, bedeutend und erfolgreich, um verhindern zu können, daß man sich für ihn interessierte und über ihn sprach.

Selbst der König hatte in seiner Zeit als Prinz von

Wales mit seinen Liebschaften geprahlt und sich damit großgetan.

Und der Marquis hatte sich dieser neuen Mode nicht ganz verschließen können.

Doch er selbst hielt sich nicht für einen hoffnungslosen Schürzenjäger, der sein Leben mit nichts anderem verbrachte, als hinter dem Rockzipfel verheirateter Frauen herzulaufen.

In der Öffentlichkeit galt er als außergewöhnlicher Pferdekenner und gewissenhafter Gutsherr, der den größten Teil seiner Zeit mit der Verwaltung und Beaufsichtigung seiner Besitzungen verbrachte.

Im Augenblick befaßte er sich sehr intensiv mit der Instandhaltung und Verschönerung seines Familiensitzes Kyne in Huntingfordshire.

Er war ein wundervolles Beispiel Palladianischer Architektur.

Frühere Generationen hatten zwar einige Verbesserungen daran vorgenommen, jedoch die Prunkräume völlig vernachlässigt, so daß sie jetzt dringend einer Restaurierung bedurften.

Der Marquis hatte versucht, einige der gregorianischen Möbel zurückzukaufen, die zu Beginn der langen Regierungszeit der Königin durch einige — wie er sie nannte — »viktorianische Scheußlichkeiten« ersetzt worden waren.

Ein sehr wichtiger Schritt zur Verschönerung von Kyne war die Erweiterung der Gemälde.

Er hatte der Sammlung bereits eine Anzahl von Gemälden beigefügt, die seine Vorgänger durchaus nicht geschätzt hatten.

In jüngster Zeit erwarb er eine Venusdarstellung, die

ihn begeistert hatte, bis er Lady Burton kennenlernte und zu der Überzeugung gelangte, daß sie das größere Anrecht auf den Titel der Venus in Anspruch nehmen konnte.

Er verfolgte sie anfangs eher platonisch, später dann, als er feststellte, wie schwierig es war, sich mit ihr allein zu treffen, mit großer Hartnäckigkeit und Entschiedenheit.

»Mein Mann ist entsetzlich eifersüchtig«, hatte sie gesagt. »Deshalb werden Sie verstehen, daß ein Treffen zwischen uns ein Fehler wäre, obgleich ich Sie genauso gerne sehen möchte wie Sie mich.«

Inzwischen war es zu einigen kurzen Begegnungen am Nachmittag gekommen, doch der Marquis vermochte sich damit nicht zufriedenzugeben. In seinen Augen eigneten sich die Nachmittage nicht für die Liebe, auch wenn dies mehr und mehr in Mode kam.

So hatte er also schon daran gedacht, die Jagd aufzugeben und sich nach einer anderen Liebesbeute umzusehen, als Daphne Burton ihm zwei Tage zuvor ganz unerwartet mitgeteilt hatte, daß ihr Mann nach Paris reisen würde.

»Von Mittwoch bis Freitag wird er unterwegs sein«, sagte sie.

Der Marquis hielt gespannt inne.

»Ich dachte mir«, fuhr sie fort, »Sie würden vielleicht am Donnerstag abend mein Gast beim Dinner sein. Nur eine kleine Gesellschaft.«

Es waren nicht die Worte selbst, sondern der Ausdruck in ihren Augen, der dem Marquis verriet, was sie wirklich beabsichtigte.

Sie würde wie üblich mit einigen Freunden zu Abend essen, und er würde dafür sorgen, daß er noch dort war, nachdem alle anderen schon gegangen waren.

»Sie wissen, wie sehr ich mich darauf freue«, sagte er mit fester Stimme.

»Ich freue mich auch«, gab sie flüsternd zurück.

Leider fehlte die Gelegenheit, mehr zu sagen. Später stellte der Marquis fest, daß sich seine Gedanken ständig mit dem Donnerstagabend beschäftigten.

Er war sicher, Daphne Burton würde sich als eine Frau erweisen, die all das besaß, was ein Mann sich von einer Frau ersehnte: Wärme, Hingabe, Feuer und Leidenschaft.

Ein Glück, daß Henry Burton ausgerechnet dann nach Paris reist, wenn alle Welt zur Saison in London weilt und nicht im Traum daran denkt, ein anderes Ziel zu wählen, dachte der Marquis.

Doch er dachte auch daran, daß er gerne mit seinem Freund Willy zum Essen ausgegangen wäre. Er hätte mit ihm über das Rennen sprechen und gemeinsam mit ihm überlegen können, welche Pferde er in Ascot laufen lassen sollte.

Während er noch in Gedanken versunken dasaß, fragte Willy Melivale: »Dinierst du heute abend mit Daphne Burton?«

»Ja«, erwiderte der Marquis. »Ich hoffe, du gehörst auch zu den Gästen.«

»Nein«, gab Willy zur Antwort, »ich habe keine Einladung erhalten.«

Etwas an der Art, wie Willy sprach, ließ den Marquis neugierig aufblicken.

Er kannte Willy nur zu gut.

Sie waren fast ihr ganzes Leben zusammengewesen, und es war einfach nicht möglich, daß der eine dem anderen etwas verheimlichen konnte.

Der Marquis stellte sofort fest, daß Willy einen abwesenden Eindruck machte. Er blickte ihn nicht an und schien mit seinen Gedanken weit weg zu sein.

Der Marquis hatte keine Ahnung, was den Freund so beschäftigte, denn nicht einmal mit Willy sprach er über seine Liebschaften.

Deshalb kam er nicht auf die Idee, daß das, was Willy beschäftigte, etwas mit Daphne Burton zu tun haben könnte.

Er leerte seinen Drink und schaute auf die Uhr, als Willy sagte: »Ich habe heute nachmittag Henry Burton gesehen.«

Der Marquis versteifte sich.

»Du hast Henry Burton gesehen?« fragte er. »Aber das ist unmöglich. Er weilt in Paris.«

»Ich sah ihn, als ich von Ranelagh in die Stadt zurückfuhr«, sagte Willy. »Ich hatte mich verfahren und sah, wie er in einem Hotel verschwand, das nach meinem Geschmack einen ziemlich heruntergekommenen Eindruck machte.«

Ungläubig starrte der Marquis seinen Freund an.

»Und du bist sicher, es war Burton?«

Willy nickte.

Dann, nach einer Weile, sagte er: »Ich würde es dir nicht gesagt haben, aber Daron Haughton verlor vor zwölf Monaten eine große Summe an ihn.«

»Daron Haughton?« fragte der Marquis.

»Er traf Burton auf dem Land«, erklärte Willy Melivale.

Der Marquis erinnerte sich nun, daß Daphne Burton ihm gesagt hatte, dies sei der Grund dafür gewesen, daß sie sich nicht schon früher begegnet wären.

Sie hatte auf dem Land gewohnt, weil das Trauerjahr

für ihre verstorbene Mutter noch nicht zu Ende gewesen war.

Lord Haughton war ein sehr reicher Mann, wie der Marquis wußte. Ihm machte es nichts aus, wenn er einmal eine größere Geldsumme verlor.

Was ihm jedoch sonderbar vorkam, war die Tatsache, daß Burton, der stets knapp bei Kasse war, der Empfänger gewesen sein sollte.

Er lehnte sich auf seinem Stuhl zurück und sagte mit einer Stimme, die, wie sein Freund wußte, sehr autoritär klingen konnte: »Es wäre besser, du würdest mir die ganze Story erzählen!«

»In Ordnung.« Willy senkte die Stimme. »Es ist schnell erzählt. Burton kam unerwartet nach Hause, und Haughton mußte zahlen.«

Der Marquis preßte die Lippen fest aufeinander. Ohne noch ein Wort zu sagen, erhob er sich und ging zur Tür.

Willy schaute ihm nach. Dann seufzte er und ließ sich vom Clubsteward noch einen Drink bringen.

*

Die Kutsche des Marquis bog in die Auffahrt zum Clubhaus ein, als er die Treppe hinabstieg.

Nachdem er eingestiegen war, änderte sich der Ausdruck in seinem Gesicht. Er unterschied sich völlig von dem bei seiner Ankunft.

Wenn er zornig war, verlor er niemals die Kontrolle über sich, wie das anderen Männern häufig passierte, die dann aggressiv wurden, schrien und fluchten und plötzlich wirkten, als stünden sie kurz vor einem Schlaganfall.

Den Marquis überkam in einer solchen Situation eine eisige Ruhe.

Diejenigen, die ihn kannten, fanden sein Schweigen bedrohlicher als alles, was ein anderer hätte sagen können.

Als er die Halle seines Hauses in der Park Lane betrat, standen die Diener, die über einsachtzig groß waren, noch aufrechter und aufmerksamer da, als es sonst schon der Fall war.

Die Stimme des Butlers klang ehrerbietig, als er fragte, ob Seine Lordschaft irgendwelche Anweisungen für den Abend habe.

Der Marquis überlegte einen Augenblick.

Dann sagte er: »Meinen Wagen, punkt halb acht!« und stieg die Treppe hinauf.

Während der Diener ihm beim Auskleiden half, sprach er kein Wort.

Nachdem er längere Zeit im Bad zugebracht hatte, zog er seinen eleganten Abendanzug an.

Dabei dachte er voller Bitterkeit, wie sehr er sich auf diesen Abend gefreut hatte.

Vielleicht ist das alles nur ein Irrtum, dachte er.

Doch dann sagte er sich, daß Willy nie darüber geredet hätte, wenn er nicht absolut sicher gewesen wäre, Burton tatsächlich gesehen zu haben.

Der Marquis war Zeit seines Lebens von Frauen verfolgt worden, die ihn unwiderstehlich gefunden hatten.

Und er war in der Tat ein außergewöhnlich gutaussehender Mann.

Da er ein hervorragender Reiter war und alle möglichen Arten von Outdoor-Sport betrieb, besaß er die Figur eines Athleten, auf die er mit Recht stolz war.

Verglichen mit seinen Freunden trank er sehr wenig.

Und verglichen mit dem König und den Leuten seiner Umgebung auf Marlborough House und neuerdings im Buckingham-Palast, konnte man den Marquis außerdem auch als bescheidenen Esser bezeichnen.

Es gab keine Zeit, in der die Ladies nicht voll des Lobes über ihn gewesen wären und ihn einen griechischen Gott genannt hätten.

Etwas, was er nur zu gerne hörte.

Es war also nicht einfach für ihn, der Tatsache ins Auge zu schauen, daß von allen Frauen, denen er seine Gunst geschenkt hatte, ausgerechnet Daphne Burton es auf sein Geld abgesehen hatte.

Er wußte sehr gut, wie leicht ein Mann in eine Falle zu locken war, wenn ein Ehepaar sich zusammentat und seine Karten geschickt genug ausspielte.

Wenn Willy wirklich recht hatte, bestand Daphnes Plan darin, die anderen Gäste frühzeitig gehen zu lassen und ihn zum Dableiben zu bewegen.

Sie würde ihn mit in ihr Schlafzimmer nehmen.

Sie würden zusammen im Bett liegen, und plötzlich würde sich die Tür auftun und Henry Burton in den Raum stürmen.

Daphne würde entsetzt aufschreien. Sie würde ihren Mann anschauen, als traute sie ihren Augen nicht.

Dann würde eine Szene folgen, Anschuldigungen und Gegenargumente einander abwechseln.

Burton würde mit Scheidung drohen, da er sein ehebrecherisches Weib und ihren Galan in flagranti erwischt hatte.

Daphne dagegen würde ihn anflehen, ihr den Skandal, die Schande und die gesellschaftliche Ächtung zu ersparen, die ihr drohten.

Dies, sagte sich der Marquis, wäre dann sein Stichwort.

Um in seinen Ruf und natürlich den Ruf der Frau, die er in Gefahr gebracht hatte, zu retten, erwartete man von ihm, daß er dem beleidigten Ehemann zur Wiederherstellung seines Stolzes und zur Tilgung des Schandmals, das nun seinen Namen befleckte, eine beträchtliche Geldsumme anbot.

Die ganze Angelegenheit würde viel Zeit in Anspruch nehmen und überdies sehr demütigend sein.

Während Burton die Kleidung trug, die man bei einem Mann, der vermutlich eben aus Paris zurückgekehrt war, erwartete, würde er, der Marquis, nackt sein.

Dies war genau die Art von Szene, über die man sich bei einem Melodram auf der Bühne vor Lachen ausschüttete, die aber längst nicht so spaßig erschien, wenn man selber in eine solche Situation verwickelt war.

Der Marquis vermochte es sich nur allzu deutlich auszumalen, wie man Haughton hereingelegt und dazu gebracht hatte, auf Burtons Geldforderung ohne Wenn und Aber einzugehen.

Er würde in der gleichen Zwangslage stecken, nur mit einer Ausnahme: Er war reicher als Lord Haugthon, und die Beilegung der Sache würde ihn wesentlich teurer kommen.

Wie konnte ich nur so ein Dummkopf sein! dachte er.

Er hätte doch daran denken müssen, daß die Burtons sich finanziell äußerst schlecht standen.

Zweifellos hatten sie das meiste von dem, was der Handel mit Haughton ihnen einbrachte, längst wieder vertan und suchten nun ein neues Opfer.

Burton war ein Spieler. Seine Frau dagegen träumte von einer Position in der Gesellschaft, die sie nur erringen konnte, wenn sie keine Kosten scheute.

Das Haus der beiden war nicht groß, doch es lag im vornehmen Stadtteil Mayfair.

Sie besaßen einen Wagen und Pferde, und der Marquis hatte gehört, daß Burton im vergangenen Winter sogar mit einer Hundemeute auf die Jagd gegangen war.

Kein Wunder also, daß das saubere Pärchen zur Zeit mal wieder knapp bei Kasse war.

Wer eignete sich mehr, ihnen aus der Klemme zu helfen, als er.

Seine Lippen bildeten eine harte Linie, als er kurz vor halb acht die Treppe hinunterstieg und die Halle betrat, wo der Butler mit dem Umhang auf ihn wartete.

Ein Diener reichte ihm den Zylinder, ein anderer den Spazierstock, ein dritter die Handschuhe.

Wortlos verließ er das Haus und nahm in der Kutsche Platz.

Ein Diener breitete eine Decke über die Knie des Marquis.

Dann wurde der Wagenschlag geschlossen, und die Kutsche setzte sich in Bewegung.

Es war nicht weit bis zum Haus der Burtons, das in einer der Seitenstraßen lag, die zum Shepherd Market führten.

Als er das Haus betrat, bemerkte er sofort, daß die Teppiche in der Halle leicht abgetreten waren.

Die Blumengestecke auf dem mittleren Treppenpodest bestanden nicht aus den teuren Malmaisonnelken, wie allgemein üblich.

Als der Butler die Tür zum Salon öffnete und seinen Namen rief, zwang sich der Marquis zu einem Lächeln.

»Der Marquis von Kyneston, M'lady!«

Daphne Burton wandte sich mit einem leisen Entzückensschrei um und ließ den Gentleman, mit dem sie gesprochen hatte, stehen.

Sie eilte auf den Marquis zu mit einer Leichtigkeit und einer Anmut der Bewegungen, daß man hätte glauben können, ihre Füße berührten den Boden nicht.

In ihren Augen und auf dem hinreißend schönen Gesicht lag ein Ausdruck der Freude, von dem der Marquis nie angenommen hätte, er wäre gespielt, würde sein Freund ihn nicht gewarnt haben.

»Ich bin ja so froh, Sie zu sehen«, sagte sie mit weicher Stimme, als er ihre Hand nahm, die die seine fest umschloß.

Sie stellte dem Marquis die anderen Gäste vor, die, wie er es erwartet hatte, weit älter waren als er.

Es waren ein Gentleman, der sich vor einigen Jahren aus dem diplomatischen Dienst zurückgezogen hatte, mit seiner Frau und ein anderes Ehepaar, beide weit über sechzig.

Es ist fast so, dachte er, während sie das Speisezimmer betraten, als ob ich in einer Szene mitspielte, die ich erst kürzlich in einem Roman las, und als wüßte ich genau, wie es weiterging.

Das Dinner war gut, obwohl es mit dem, was er seinen Gästen anbot, nicht zu vergleichen war.

Den Wein konnte man trinken, er gehörte allerdings nicht zu den teuren Sorten.

Die Unterhaltung verlief etwas mühsam. Ein langweiliges, uninteressantes Dinner, wenn man vom Ausdruck in den Augen der Gastgeberin absah, mit dem sie ihn anblickte, und von der Art und Weise, wie ihre Hände die seinen so oft wie möglich scheinbar zufällig berührten. Sie versuchte ihren Worten stets einen bestimmten Doppelsinn zu geben, von dem sie hoffte, daß der Marquis deren wirkliche Bedeutung ohne Schwierigkeiten verstehen würde.

Als die Gentlemen den Speiseraum verließen, überraschte es den Marquis nicht, als der ehemalige Diplomat zu ihm sagte: »Sie haben doch Verständnis dafür, M'lord, wenn wir nicht zu lange bleiben. Meine Frau fühlt sich nicht ganz wohl, und außerdem sind wir beide in einem Alter, in dem eine lange Nacht in Gesellschaft nicht mehr den Reiz besitzt, wie es in früheren Jahren der Fall war.«

»Aber ja, ich verstehe Sie«, erwiderte der Marquis höflich. »Ich finde das sogar sehr weise von Ihnen.«

»Ich bin vorsichtig, was vielleicht das selbe ist«, meinte der Ältere und lächelte.

Der Marquis sagte sich, daß Vorsicht nun auch für ihn angebracht sei.

Als sich die beiden Ehepaare verabschiedet hatten, wartete er, bis sie in der Halle waren und sich in die Mäntel helfen ließen.

Dann sagte er ruhig: »Auch ich muß mich auf den Weg machen!«

»Sie wollen schon gehen?«

Die Überraschung in Daphne Burtons Stimme war unüberhörbar. Ihr Gesichtsausdruck verriet Bestürzung.

Sie wirkte sehr anziehend in diesem Augenblick, und ihr Bedauern schien wirklich echt zu sein.

Der Gedanke durchzuckte den Marquis, daß Willy sich geirrt hatte und sie tatsächlich verliebt in ihn war.

Diesen Eindruck hatte sie den ganzen Abend auf ihn gemacht, und er war sich seiner Sache gar nicht mehr so sicher gewesen.

Als er schwieg, sagte sie nach einem Augenblick stockend: »Ich dachte ... ich glaubte, Sie und ich könnten uns noch etwas Gesellschaft leisten. Ich habe mir das schon so lange gewünscht.«

»Ja, das habe ich mir auch gewünscht«, antwortete der Marquis. »Doch leider hörte ich, daß Ihr Mann aus Paris zurück ist. Deshalb kommt ein Alleinsein mit Ihnen wohl nicht mehr in Frage.«

Er beobachtete sie scharf.

Das erstaunte Aufflackern in ihren Augen und die Art, wie sie den Atem anhielt, verrieten ihm, daß Willy recht hatte.

Die Pause war zu lang, ehe sie ausrief: »Henry ist zurück? Was sagen Sie da! Er wird nicht vor morgen zurückerwartet.«

»Ich glaube, da irren Sie sich.« Der Marquis schaute sie fest an. »Gute Nacht — und vielen Dank für das angenehme Dinner.«

Er hob ihre Hand flüchtig an die Lippen, und während sie sich noch um Fassung bemühte, verließ er den Raum.

Er war in der Halle, als der letzte der vier anderen Gäste auf die Freitreppe hinaustrat.

Seine Kutsche wartete, und als sie sich in Bewegung setzte, dachte er, daß er gewonnen hatte.

Es war jedoch ein wertloser Sieg gewesen.

Nur um Haaresbreite war er diesmal davor bewahrt worden, daß man ihn zum Narren hielt und auf den Leim führte.

Er würde das jedenfalls nie vergessen.

Er blickte aus dem Fenster und stellte fest, daß er sich seinem Haus näherte.

Aber er konnte jetzt nicht allein sein. Allein mit dem Gedanken, wie leicht es Daphne Burton gelungen war, ihn zu täuschen.

Er klopfte mit seinem Spazierstock gegen die Scheibe hinter dem Kutscher. Die Pferde hielten an.

Der Kutscher kletterte vom Bock und öffnete den Wagenschlag.

Der Marquis nannte ihm eine Adresse, und der Kutscher kletterte auf den Bock zurück und ließ die Pferde wieder antraben.

Einige Zeit lang war der Marquis ohne Mätresse gewesen, die eigentlich zu einem wohlhabenden Mann gehörte wie seine Pferde.

Dann hatte er nach langem Überlegen vor zwei Monaten eine sehr attraktive Tänzerin in einem hübschen kleinen Haus in St. John's Wood untergebracht.

Dolly Leslie trat im »Torero« auf, in einer Show, die wohl die letzte im alten Gaiety Theatre sein würde.

Das alte Gaiety Theatre sollte abgerissen werden, und das neue würde erst Anfang Oktober seine Tore öffnen.

Es würde das Ende eines der berühmtesten Volkstheater sein, das inzwischen bereits ein Stück englischer Geschichte geworden war.

Die alten Straßen in seiner Nachbarschaft gingen noch auf die Tudors zurück. Auch sie würden niedergerissen werden und London sollte ein neues Gesicht erhalten.

Zum Glück würde etwas bleiben: die Schönheit der Gaiety Girls und ihre Einmaligkeit.

Sie hatten London etwas gegeben, was viele andere Hauptstädte Europas in einem solchen Maß nicht kannten.

Schön wie Göttinnen schwebten die Gaiety Girls mit einer Anmut und Grazie über die Bühne, wie man es selten fand.

George Edwards galt als der größte Entdecker weiblichen Charmes, den die Welt jemals gekannt hat.

Von 1868 an gab es die Gaiety Shows. Sie begeisterten unzählige Menschen mit ihrer Perfektion und ihrem Zauber. Die Londoner strömten in Scharen in dieses Theater, das niemals schlechte Zeiten erlebte.

Der Marquis wäre kein richtiger Mann gewesen, wenn nicht auch er der Faszination dieses Theaters und seiner Darstellerinnen und Tänzerinnen erlegen wäre.

Doch er war der Meinung, daß Dolly Leslie die absolute Königin unter den Gaiety Girls war. Die Luft schien zu knistern, sobald sie die Bühne betrat.

Es war nicht besonders schwierig gewesen, Dolly davon zu überzeugen, daß sie unmöglich einen Gönner finden würde, der generöser und attraktiver wäre als der Marquis. Wenn er in London weilte, verbrachte er zumindest drei Abende in der Woche in seiner Loge und genoß Dollys Auftritte.

Danach führte er sie zu Ramono und speiste mit ihr zur Nacht.

Anschließend fuhren sie dann zu dem Haus, das er nicht nur für Dolly, sondern auch für sich selbst so eingerichtet hatte, daß man sich darin rundherum wohlfühlen konnte.

Er hatte es mit der gleichen Hingabe und dem selben Geschmack eingerichtet wie seine großen Häuser.

Er hatte ein Badezimmer einbauen lassen, das an Geschmack nicht zu überbieten war. Im Keller lagerten Weine, die ihresgleichen suchten.

Es überraschte nicht, daß er die Dienerschaft mit der

gleichen Sorgfalt aussuchte wie alles andere — mit dem Resultat, daß es ihm, wenn er die Nacht mit Dolly verbrachte, an nichts fehlte und er dort die gleiche Bequemlichkeit genoß wie in seinem Haus in der Park Lane.

Bei ihrem Zusammensein am Dienstag hatte er ihr erklärt, daß er sie in dieser Woche nicht mehr sehen würde.

Am Mittwoch werde er an den Rennen teilnehmen und die Nacht bei Freunden verbringen.

Am Donnerstag sei er zu einer Abendgesellschaft eingeladen, und am Freitag beabsichtige er nach Kyne zu fahren, wo er das Wochenende über bleiben werde.

Dolly beteuerte, wie sehr sie ihn vermissen würde. Er hatte sie mit einem sehr kostbaren Brillantarmband getröstet, das er am Nachmittag in der Bond Street erstanden hatte.

Sie bedankte sich überschwenglich, und er dachte, daß es wohl kaum einen Mann gab, der eine Geliebte hatte, die bezaubernder war als Dolly.

Die Kutsche brauchte einige Zeit für die Fahrt nach St. John's Wood.

Der Marquis nahm an, daß Dolly bereits seit zwei Stunden vom Theater zurück war.

Sie würde mit dem Wagen gefahren sein, den er ihr für die Fahrten zwischen Wohnung und Theater zur Verfügung gestellt hatte.

Sein unerwartetes Auftauchen würde sie zweifellos erfreuen. Es würde eine Überraschung für sie sein, und sie würde noch leidenschaftlicher sein als gewöhnlich.

Er nahm sich vor, in Zukunft bei Mädchen wie Dolly zu bleiben und Liebschaften mit einer Dame der Gesellschaft nach Möglichkeit aus dem Weg zu gehen.

Es war der König, der in seiner Zeit als Prinz von Wales

die Mode einführte, daß ein Gentleman sich für seine Liebesabenteuer eine Frau aussuchte, die man als Lady bezeichnen konnte.

In der davorliegenden Zeit unterschied man sehr sorgfältig zwischen einer Mätresse und einer Lady.

Schon der Hauch eines Skandals bewirkte, daß die betreffende Frau von allen Freunden und Bekannten gemieden wurde.

Im Grunde hörte sie auf, zu existieren, schrumpfte zu einem gesellschaftlichen Nichts zusammen.

Der Prinz von Wales wechselte dann von Lily Langtry zu der reizvollen Lady Brook, die er wirklich liebte.

Er nahm dann anschließend den Weg durch mehrere hochangesehene Boudoirs und war im Augenblick bei der faszinierenden Mrs. Grenville gelandet.

Prinzessin Alexandra duldete diese Beziehung von Anfang an.

Es hatte eine derartige Umkehr aller Werte stattgefunden, daß manch einer puritanischen Dowager die Haare zu Berge standen, wenn darüber geredet wurde.

Jetzt dachte der Marquis in seiner Verärgerung, daß die englischen Matronen völlig recht damit hatten, wenn sie sich über den Zerfall der Sitten und Konventionen entsetzten.

Er für seine Person würde sich in Zukunft mit einer Mätresse begnügen.

Sie würde ihm treu sein, so lange er ihr Gönner war. Die Damen der Gesellschaft sollten sich mit ihren Ehemännern zufriedengeben.

Während seine Kutsche dem Ziel entgegenrollte, hoffte er, daß Henry Burton und seine Frau sich den Kopf zermarterten über der Frage, wie es möglich war, daß er von ihrem Plan erfahren hatte und ihnen auf die Schliche gekommen war.

Doch es war für ihn nur ein schwacher Trost, daß er es einzig und allein Willy verdankte, wenn er in diesem Augenblick nicht fürchterlich gedemütigt wurde, ohne daß er sich dagegen hätte wehren können.

Der Wagen bog in eine schmale Einfahrt ein, die zu einer Villa führte.

Als die Pferde abrupt zum Stehen kamen, stellte der Marquis fest, daß bereits eine andere Kutsche vor dem Haus stand und den Treppenaufgang blockierte.

Sekundenlang glaubte er, es wäre sein eigener Wagen, der Dolly vom Theater abgeholt hatte.

Dann wurde er sich der Tatsache bewußt, daß es lange nach Mitternacht war und der Kutscher das Pferd längst in den Stall und den Wagen in die Remise hinter dem Haus gebracht hatte.

Neugierig öffnete der Marquis den Wagenschlag und stieg aus.

Er ging über den Rasen und näherte sich dem fremden Gefährt, das — wie er jetzt erkennen konnte — nur von einem Pferd gezogen wurde.

Der Kutscher saß so lässig und bequem auf dem Bock, daß er offensichtlich mit einer längeren Wartezeit rechnete.

Plötzlich durchzuckte den Marquis eine Ahnung.

Er näherte sich dem Wagen und warf einen Blick auf das Wappen an der Tür.

Ein Blick bestätigte seinen Verdacht.

Es stand nun für ihn fest, daß sich der Besitzer des Gefährts bei Dolly im Haus befand.

Es war ein junger Peer, der sich um Dolly bemüht hatte, bevor er, der Marquis, aufgetaucht war.

Sie hatte ihm gesagt, daß sie Lord Brora sehr amüsant fände und sich von ihm einige Male ins Romanow hätte ausführen lassen.

Doch Seine Lordschaft war mit weltlichen Gütern nicht gerade gesegnet, und Dolly hatte ihm frank und frei erklärt, daß er sich eine Frau wie sie nicht leisten könnte.

Der Marquis hatte sich für diesen Verehrer nicht weiter interessiert.

Für ihn war nur das Bewußtsein wichtig gewesen, einen anderen Mann um Haaresbreite geschlagen zu haben und als erster durchs Ziel gegangen zu sein.

Nun, da er auf Lord Broras Wappen starrte, sagte er sich voller Ingrimm, daß Dolly sämtliche Spielregeln mißachtet hatte, falls sein Verdacht richtig war.

Es galt als selbstverständlich, daß die Geliebte eines Mannes ihm die Treue hielt, solange er ihr gegenüber großzügig war und es ihr an nichts fehlen ließ.

Vor allem dann, wenn er ihr ein Haus zur Verfügung stellte.

Um sicher zu gehen, daß er sich nicht irrte, ging der Marquis zur Tür der Villa und schloß auf.

Der Grundriß des Hauses war einfach.

Auf der einen Seite der Eingangshalle befand sich ein länglicher Wohnraum, dem sich ein Schlafzimmer anschloß.

Auf der anderen Seite gab es die Küche und einen kleinen Frühstücksraum.

Dahinter lag ein zweites Schlafzimmer, von dem der Marquis ein Ankleidezimmer und ein Bad hatte abtrennen lassen.

Die Halle lag im Dunkeln. Er öffnete die Tür zum Wohnraum, in dem ebenfalls kein Licht mehr brannte.

Während er in der Tür stand und lauschte, drangen aus dem Schlafzimmer Stimmen.

Dann hörte er leises Lachen.

Der Marquis regte sich nicht. Er stand da wie versteinert.

Mit der gleichen eisigen Ruhe, mit der er den Abend begonnen hatte, verließ er das Haus wieder, schloß die Tür hinter sich ab und stieg in seine Kutsche.

Zuvor hatte er dem Kutscher befohlen: »Gleich nach Hause!«

Er war an diesem Abend nicht nur einmal, sondern ein zweites Mal von einer Frau enttäuscht worden.

Zweimal an einem einzigen Abend.

Und das war etwas, so schwor er sich, das nie wieder geschehen würde.

Nie zuvor hatte er eine derartige Erfahrung gemacht.

Er konnte nicht fassen, daß ausgerechnet er so gemein hintergangen worden war.

Nicht nur von Daphne Burton, sondern auch von seiner Mätresse.

Dabei war er Dolly gegenüber so generös gewesen.

Er war fest davon überzeugt gewesen, daß sie eine echte Zuneigung zu ihm gefaßt hätte.

Daß sie ihn betrog war für ihn genauso erniedrigend und demütigend, als hätte man ihn nackt in Daphne Burtons Bett erwischt.

»Zur Hölle mit allen beiden!« stieß er knirschend hervor. »Zur Hölle mit allen Frauen, die keine Treue kennen und denen man nicht trauen kann!«

Während die Kutsche durch die nachtdunklen Straßen Londons rollte, schwor er sich, nie wieder dem Wort einer Frau zu glauben.

Zu Hause angelangt, wurde ihm vom Nachtdiener die Eingangstür geöffnet. Wortlos trat er ein.

Auf seinem Zimmer läutete er nach seinem Kammerdiener.

Der schien überrascht, seinen Master schon so früh zu sehen, war jedoch zu taktvoll, eine Bemerkung darüber zu machen.

Er half dem Marquis beim Auskleiden. Dann nahm er den Abendanzug, legte ihn über seinen Arm und ging zur Tür.

Bevor er den Raum verließ, sagte er: »Gute Nacht, M'lord.«

Der Marquis gab keine Antwort. Er blies nur die Kerzen aus und starrte in die Dunkelheit.

Zornig dachte er, daß der heutige Abend ihm sämtliche Illusionen genommen hatte.

Er schwor sich, daß niemand etwas davon erfahren würde.

Am nächsten Morgen würde er seinen Privatsekretär anweisen, Dolly auszuzahlen und sie aufzufordern, die Villa in St. John's Wood umgehend zu räumen.

Bedauerlich nur, daß er unter diesen Umständen der letzten Vorstellung im Gaiety-Theater nicht beiwohnen konnte, bevor es schloß.

Sein Fernbleiben würde bei seinen Freunden, die mit Sicherheit alle dort sein würden, große Verwunderung auslösen und außerdem zu Fragen Anlaß geben.

Vor allem Willy würde sich Gedanken machen, obwohl er ihn auf den Besuch bei Daphne Burton mit Gewißheit nicht ansprechen würde.

Obwohl der Marquis immer noch unter dem litt, was man ihm angetan hatte, wollte er sich in keinem Fall verteidigen müssen.

Und niemand sollte den Verdacht hegen, er wäre nicht mehr der alte, der Mann, der jeder Situation gewachsen war.

Er würde es nicht ertragen können, wenn ihn jemand bedauerte und Mitleid zeigte.

Erst recht wäre es ihm gegen den Strich gegangen, Lord Brora und Dolly zur Rede zu stellen.

Dolly würde auch ohne Worte Bescheid wissen.

Lord Broras Kutscher würde seinem Herrn berichten, daß der Marquis gekommen, ins Haus gegangen und unmittelbar danach wieder herausgekommen sei.

Und sobald Dolly ihre »Kündigung« bekam, würde es keinerlei Unklarheiten mehr geben.

Mit einer gewissen Einfalt wünschte er sich, ihr nicht noch am Dienstag das Brillantkollier geschenkt zu haben. Es war nicht billig gewesen und überstieg ihren sämtlichen anderen Schmuck bei weitem an Kostbarkeit.

Dann plötzlich sagte er sich, daß er London verlassen mußte.

Es war die einzige Antwort auf seine Probleme, dorthin zu verschwinden, wo niemand ihm Fragen stellen konnte, wo niemand vermuten konnte, daß zwei Frauen ihn zum Narren gemacht hatten.

Nur ein vager Verdacht würde genügen, die Londoner Gerüchteküche zum Brodeln zu bringen und den König aufs höchste zu belustigen.

Seine Majestät besaß eine Schwäche für Klatsch. Besonders wenn eine Frau mit im Spiel war oder wie in diesem Fall gleich zwei.

»Ich werde also verreisen müssen«, murmelte der Marquis.

Nach einigem Nachdenken kam ihm die Idee wohin.

Bei seinem letzten Besuch auf Kyne, hatte der König bei einem Besichtigungsgang durch die Gemäldesammlung zu ihm gesagt: »Ich stelle fest, Kyneston, Sie besitzen nur wenige Niederländer. Ich weiß, Sie haben die Bilder dieser Stilepoche bei mir im Buckingham-Palast immer bewundert. Ich persönlich bin Georg IV. sehr dankbar, daß er sie zu einer Zeit erwarb, da niemand an ihnen interessiert war.«

»Sie haben recht, Sir«, hatte der Marquis erwidert. »Ich werde mich in Kürze ernsthaft nach einigen Werken der Niederländischen Schule umschauen.«

»Die Bilder sind zwar nicht so schön wie die der Französischen Schule«, erklärte der König. »Das gilt vor allem für die Frauenbildnisse. Aber sie sind sehr wertvoll, und für Cuyp habe ich schon immer geschwärmt.«

»Mir ergeht es ebenso, Sir«, hatte der Marquis erwidert.

Nun, da er sich an diese Unterhaltung erinnerte, dachte er, dies wäre ein Wink der Götter und die rettende Idee, deren er bedurfte.

Ein guter Platz, Bilder dieser Art zu kaufen, war Amsterdam.

Niemand würde überrascht sein und irgend etwas vermuten, wenn er dorthin reiste, um sich nach einigen Neuerwerbungen für seine Sammlung zu bemühen.

Er stieß einen Seufzer der Erleichterung aus.

Im allerletzten Augenblick, als er schon fürchten mußte, zu ertrinken, hatte ihm das Schicksal einen Rettungsring zugeworfen.

Bereits am morgigen Tag würde er London verlassen.

KAPITEL ZWEI

Leila trat aus der Haustür und blinzelte in die Sonne, die hell durch die Bäume schien.

»Ein herrlicher Tag, Nanny«, rief sie fröhlich.

»Aber es wird sehr heiß werden«, dämpfte Nanny ihre Begeisterung.

Leila hörte nicht hin.

Sie fand es aufregend, in Holland zu sein und die Schönheit Den Haags zu erleben.

Die roten Ziegelsteinhäuser mit ihren eigenartigen Giebeln entzückten sie immer wieder aufs neue.

Und nichts konnte für sie aufregender sein als der Gedanke, daß sie auf dem Weg ins Mauritshuis-Museum war.

Nachdem sie ein Stück gegangen waren, sagte sie, als formte sie das, was ihr durch den Kopf ging, in Worte: »Ich bin ganz sicher, hier wird mich mein Stiefvater nicht finden!«

»Ich hoffe, Sie haben recht, Miß Leila«, erwiderte Nanny.

Leila überlief ein leichtes Zittern.

Nacht für Nacht flehte sie inbrünstig, daß ihr Stiefvater nie auf die Idee kommen würde, sie hätte den Kanal überquert und Zuflucht in Holland gesucht.

Nur zu lebendig erinnerte sie sich daran, wie entsetzt sie gewesen war, als sie vor einem Monat nach einer fast dreijährigen Abwesenheit nach Hause zurückgekehrt war.

Wie sehr hatte sie sich nach Beendigung ihrer Schulzeit in Florenz darauf gefreut, England wiederzusehen.

Und das, obwohl sie sich klar darüber gewesen war, daß die Rückkehr aufs schmerzlichste die Erinnerung an den Verlust der geliebten Mutter wachrufen würde.

Doch sie hatte darauf vertraut, daß der Schmerz vielleicht gelindert würde, durch das Bewußtsein, wieder in der Heimat zu weilen.

Es war ein Irrtum gewesen, sie war bitter enttäuscht worden.

Nachdem ihr Vater im letzten Jahr des Burenkrieges gefallen war, war die Welt ihrer Mutter in Scherben gefallen.

Zu stark und tief waren die Gefühle gewesen, mit der sie ihren Mann geliebt hatte.

Und das von dem Augenblick an, da sie ihm zum ersten Mal begegnet war.

Das war nicht verwunderlich, denn Captain Harry Cavendish sah nicht nur ungewöhnlich gut aus, er besaß auch einen Charme, den Frauen wie Männer unwiderstehlich fanden.

Als Mildred Warde ihn das erste Mal sah, stand es für sie fest, daß kein Mann im Regiment ihm das Wasser reichen konnte.

Und da Harry sie genauso unwiderstehlich fand, war es nur noch eine Frage der Zeit, bis sie heirateten.

Aber leider ist nichts auf der Erde vollkommen, und so

stellten ihre Eltern ihnen die Frage, wovon sie eigentlich zu leben gedachten.

Neben seinem Offizierssold erhielt Harry eine kleine monatliche Unterstützung von seinem Vater, und Mildred bekam eine Unterhaltszahlung von ihren Eltern, die kaum mehr war als ein Taschengeld.

Dennoch: Harry wischte alle Einwände beiseite.

Nach ihrer Heirat waren sie so glücklich miteinander, daß sie überhaupt nicht bemerkten, wie armselig sie zu hausen gezwungen waren.

Sie waren in ein kleines Haus auf dem Land gezogen und waren zufrieden mit ihren Pferden und dem Kind, einer Tochter, das ein Jahr nach der Hochzeit zur Welt kam.

Dann brach der Burenkrieg aus. Harry, der Offizier der Reserve war, wurde unverzüglich einberufen.

Daß er sich in diesem Krieg durch besondere Tapferkeit auszeichnen würde, stand von vornherein fest.

Er wurde im Heeresbericht des öfteren ruhmreich erwähnt und schließlich mit dem Victoria Cross, dem höchsten Tapferkeitsorden, den die Armee zu vergeben hatte, ausgezeichnet.

Mildred war sehr stolz auf ihren Mann.

Und doch lebte sie in einer entsetzlichen Angst um ihn, denn er schwebte täglich, sogar stündlich, in Lebensgefahr.

Ihre Angst erwies sich schon bald als berechtigt, denn einige Monate später war Captain Harry Cavendish tot.

Gefangen in Gram und Trauer, ging es ihr erst nach einiger Zeit auf, daß sie mit seinem Tod nicht nur ihn selbst verloren hatte, sondern auch ihren und Leilas Lebensunterhalt.

Fieberhaft überlegte sie, was zu tun wäre, wenn sie ihrer

Familie nicht zur Last fallen wollte, als Sir Robert Lawson in ihr Leben trat.

Ein Mann um die Vierzig und bedeutend älter als sie, war er zehn Jahre lang Witwer gewesen und beschäftigte sich erst seit kurzem vage mit dem Gedanken, wieder zu heiraten.

Als er Mildred Cavendish begegnete, stand für ihn fest, daß sie genau die Frau war, die er sein ganzes Leben lang gesucht hatte.

Er brauchte sechs Monate, um sie dazu zu bewegen, seine Gemahlin zu werden.

Mildred nahm seinen Antrag an. Sie stand vor der Wahl, Sir Robert zu heiraten, der immens reich war, oder bei ihren Verwandten um Asyl zu bitten, die selbst kaum wußten, wie sie zurechtkommen sollten.

Im letzten Augenblick dachte sie, daß es bei ihrer Liebe zu Harry unerträglich sein würde, von einem anderen Mann berührt zu werden.

Doch Sir Robert war nicht mehr jung und außerdem überaus großzügig. Hinzu kam, daß es ihre Pflicht war, für Leila zu sorgen und alles in ihren Kräften Stehende zu tun, daß sie anderen nicht zur Last fiel.

Sie zogen in sein sehr luxuriöses Haus in Oxfordshire.

Leila, inzwischen vierzehn Jahre alt, war begeistert von den Pferden des Stiefvaters. Und wenn Lady Lawson einen Trost suchte für das, was sie getan hatte, brauchte sie nur Leila anzusehen, wenn diese mit leuchtenden Augen und strahlend vor Begeisterung von einem Ritt zurückkam.

»Heute bin ich höher gesprungen als jemals zuvor, Mama!« verkündete sie voller Stolz.

Die Mutter nahm sie zärtlich in die Arme und sagte:

»Ich weiß, dein Vater wäre sehr stolz auf dich. Er war ein hervorragender Reiter und gewann zu Hause sämtliche Rennen.«

So groß der Luxus auch sein mochte, in dem sie jetzt lebten, immer wieder dachten sie an den kleinen Landsitz zurück, auf dem sie so glücklich gewesen waren.

Doch es war nicht recht, so ausschließlich in der Vergangenheit zu leben, und Mildred gab sich Mühe, Sir Robert zu gefallen.

Sie wußte, er war stolz auf sie.

Und sie wußte auch, wie sehr er die Partys genoß, bei denen sie die Gastgeberin spielte und am Kopfende der Tafel saß. Strahlend schön mit dem Schmuck, den er ihr geschenkt hatte.

Einige der männlichen Gäste mochte Mildred nicht, und nach und nach erreichte sie bei Sir Robert, daß er angesehenere Leute aus der Grafschaft einlud, von denen mehrere in der direkten Nachbarschaft wohnten.

Oft fuhren sie nach London, wo sie Vertretern aus der Politik begegneten, die ihnen Einblicke in eine Welt gaben, von der sie beide vorher nichts gewußt hatten.

Als Leila fünfzehn wurde, schlug ihre Mutter Sir Robert vor, sie auf ein Mädchenpensionat nach Florenz zu schicken.

»Sie kann dann in der Saison neunzehnhundertzwei ihr Debüt machen«, sagte Mildred. »Ich möchte, daß sie besser erzogen und gebildeter ist, als es Debütantinnen üblicherweise sind.«

Er hatte gelacht und gesagt: »Die meisten Männer schauen bei einer Frau, die so schön wie Leila ist, nicht auf den Verstand.«

»Trotzdem möchte ich, daß sie klug ist und lernt, ihren

Verstand zu gebrauchen«, beharrte Lady Lawson auf ihrem Willen.

Gutgelaunt willigte Sir Robert ein. Er zahlte eine beträchtliche Summe für Leilas Erziehung im exklusivsten Mädchenpensionat ganz Europas.

Leila weinte beim Abschied von der Mutter.

»Könnten wir doch nur zusammen fahren, Mama«, schluchzte sie. »Es wäre so wundervoll, mit dir die Uffizien zu besuchen und die Bilder zu betrachten, von denen du so oft gesprochen hast.«

»Ich weiß, Liebstes«, antwortete die Mutter, »aber dein Stiefvater war so großzügig, als er dein Schulgeld bewilligte, daß ich ihn im Augenblick nicht um mehr bitten möchte.«

Leila verstand. Sie merkte immer wieder, daß ihr Stiefvater die Mutter abgöttisch liebte.

Er bedauerte jede Stunde, die sie nicht mit ihm verbrachte.

Wenn Leila mit ihrer Mutter zum Einkaufen fuhr, war er bei ihrer Rückkehr fast immer mißgestimmt, falls sie länger ausgeblieben waren, als er es erwartet hatte.

Und Leila spürte auch, daß er ihre Anwesenheit oft als störend empfand, weil er mit seiner Frau allein sein wollte.

Sie gab sich daher immer große Mühe, rücksichtsvoll zu sein, denn sie liebte die Mutter. Doch mit dem Rücksichtnehmen war das oft gar nicht so einfach.

Ebenfalls entging es ihr nicht, daß die Mutter in Gegenwart Sir Roberts nie von ihrem Vater sprach. Nur wenn sie allein waren und niemand sie belauschen konnte, tat sie dies. Dann aber sprach sie mit einer solchen Ausführlichkeit und Verzweiflung, daß Leila voller Mitleid war.

Sie spürte, daß ihre Mutter immer noch unglücklich war. Sie würde über den Verlust des Mannes, der ihr alles bedeutet hatte, niemals hinwegkommen.

Ab und zu holte sie seine Tapferkeitsmedaille hervor und berührte sie voller Zärtlichkeit. Und auf ihrem Gesicht lag dann ein Ausdruck, den Leila besorgt beobachtete und der ihr sagte, daß kein Mann der Welt jemals den Platz ihres Vaters im Herzen der Mutter einnehmen konnte.

Obgleich sie ein sorgenfreies Leben führte, sehnte sich die Mutter nach dem Tod. Sie sprach nie darüber, doch sie schien es kaum erwarten zu können, endlich wieder mit dem geliebten Mann vereint zu sein.

Dieser Gedanke beschäftigte sie, als sie die Fahrt nach Florenz antrat. Sie klammerte sich fest an die Mutter und bat: »Bitte, Mama, versprich mir, daß ich die Sommerferien im kommenden Jahr zu Hause verbringen darf. Ich stelle es mir schrecklich vor, so lange von dir getrennt zu sein.«

»Ich weiß, mein Schatz«, antwortete ihre Mutter. »Ich werde Sir Robert bitten, daß er mich zu einem Besuch bei dir in Florenz mitnimmt, obwohl er kein Freund der Italiener ist.«

»Ja, Mama, versuch es! Bitte, versuch es!« hatte Leila gebettelt, bevor sie der Mutter Lebewohl sagte.

Sie war entschlossen, fleißig zu lernen, denn sie wollte ihrer Mutter Freude machen. Im folgenden Jahr kamen Sir Robert und Lady Lawson tatsächlich für ein Wochenende nach Florenz.

Sie waren auf dem Weg nach Rom, wo sich Sir Robert mit einigen Geschäftspartnern treffen wollte.

Obwohl er freundlich war und Leila einige sehr schöne

Geschenke machte, war sie sicher, daß er sich über die Herzlichkeit ärgerte, mit der Mutter und Tochter einander begrüßten.

»Wann darf ich wieder nach Hause kommen?« fragte Leila die Mutter, bevor sie sich verabschiedeten.

»Im nächsten Jahr zu den Sommerferien. Dann wirst du fast siebzehn sein. Ich möchte, daß du mir bei den Vorbereitungen zu deinem Debüt hilfst, das dein Stiefvater ganz groß feiern wird, wie er mir versprochen hat.«

»Du meinst, er wird einen Ball für mich arrangieren, Mama?«

»Zwei Bälle, Liebling. Einen in London und einen auf dem Land.«

Ihre Mutter drückte sie an sich, bevor sie hinzufügte: »Wir werden dir einige wundervolle Kleider kaufen, und ich werde zum Himmel beten, daß du jemanden findest, der so ist wie dein Vater und der dich so liebt, wie er mich geliebt hat.«

In ihrer Stimme war ein leichtes Schluchzen gewesen, und sie fuhr hastig fort: »Du mußt in diesem Jahr sehr fleißig sein. Ich möchte, daß du nicht nur die schönste, sondern auch die klügste Debütantin des ganzen Jahrgangs bist.«

Leila hatte gelacht, aber ihr Vorsatz war deshalb nicht weniger fest gewesen.

Als ihre Mutter gegangen war, hatte Leila das entsetzliche Gefühl, sie für immer verloren zu haben.

Es war eine Vorahnung, die sich als wahr erweisen sollte.

Ende des Jahres starb ihre Mutter unerwartet an einer Lungenentzündung.

Leila war fassungslos und verzweifelt.

Die Mutter hatte in keinem ihrer Briefe etwas von einer Krankheit erwähnt, nur daß sie manchmal sehr müde sei.

Voller Bitterkeit fragte sich Leila nun, warum man sie nicht nach Hause gerufen hatte, damit sie der Mutter hätte beistehen können. Und weshalb hatte ihr Stiefvater sie nicht wenigstens zur Beerdigung kommen lassen?

In dem Brief, in dem er sie vom Tod der Mutter unterrichtete, teilte er ihr keine Einzelheiten mit. Er schrieb darin nur, daß sie dort bleiben solle, wo sie sei.

Nach Beendigung der Schulzeit konnte sie nicht wie geplant nach Hause fahren, da sie in Trauer war und keine schwarzen Kleider besaß.

Sie mußte also in Florenz bleiben. England war ihr verschlossen, und sie hatte keine Ahnung, wohin sie gehen sollte.

In dieser Situation war die Einladung einer italienischen Komteß ein Geschenk des Himmels für sie.

Die Komteß hatte ihre Mutter sehr gut gekannt, und während ihrer Besuche auf der Insel hatte sie sich oft mit ihr getroffen.

Als sie von deren Tod erfuhr, lud sie Leila ein, zu ihr zu kommen und bei ihr zu wohnen.

»Ich möchte, daß du hier bleibst, mein Kind. Meine Villa ist viel zu groß für mich allein, und außerdem habe ich dann etwas Gesellschaft. Und du hättest genügend Zeit, dich irgendwelchen Studien und vor allem deiner Malerei zu widmen.«

»Das wäre wundervoll!« rief Leila begeistert. »Ich würde so gerne die Bilder in den Uffizien kopieren.«

»Ich kenne einen sehr guten Lehrer, der dir helfen wird, deine Begabung noch stärker zu entfalten«, sagte die Komteß.

Dies alles schien die Lösung sämtlicher Probleme zu sein.

Es gab nichts, was sie nach England zurückzog, nun, da ihre Mutter tot war. Leila schrieb ihrem Stiefvater und teilte ihm den Vorschlag der Komteß mit.

Sir Robert antwortete postwendend. Er erklärte sich einverstanden und legte einen Scheck bei, den sie zu ihrer weiteren Ausbildung verwenden solle.

Da die Komteß sich weigerte, für den Aufenthalt in ihrem Haus eine Bezahlung anzunehmen, kam Leila sich im Augenblick sehr wohlhabend vor.

So kaufte sie teures Malgerät, Leinwand und Farben und außerdem — auf Vorschlag der Komteß — eine Anzahl hübscher Kleider.

»Es besteht keine Notwendigkeit, dir hier in Italien für den Rest des Trauerjahres noch dunkle Kleider zu kaufen«, sagte die Komteß.

Ihre Kleider waren meist weiß oder malvenfarben.

Erst nach dem Ende des Trauerjahrs wählte sie blasse Pastelltöne, die sie noch liebreizender erscheinen ließen, als sie schon war.

Leila war sehr glücklich. Sie dachte nicht mehr an eine Rückkehr nach England, als die Komteß plötzlich starb.

Sie war schon alt gewesen und entschlief sanft und ruhig mit einem Lächeln auf den Lippen.

Nach der Beisetzung nahm die Familie der Verstorbenen das Haus in Besitz.

Für Leila gab es dort nun keinen Platz mehr, und sie wußte, es würde ihr nichts anderes übrig bleiben, als wieder nach England zurückzukehren.

Sie wandte sich an ihre ehemalige Schulleiterin, und diese brachte sie mit der Gattin eines Diplomaten zusammen, die nach England zurückfuhr.

Alles kam Leila sehr ungewohnt und fremd vor, als sie ihren Fuß nach langer Zeit wieder auf englischen Boden setzte.

Die Zeit ihrer Abwesenheit war zu lang gewesen.

Doch sie war überglücklich, als sie bei der Ankunft im Hause Sir Roberts in Oxfordshire ihre alte Nanny antraf, die zuletzt die Zofe ihrer Mutter gewesen war.

Leila warf sich ihr in die Arme und rief: »Nanny, Nanny, ich hatte ja solche Angst, du könntest nicht mehr dasein!«

»Ich habe auf Sie gewartet, Miß Leila«, sagte Nanny. »Aber nun kommen Sie mit nach oben, damit Sie sich etwas frischmachen und umkleiden. Es war eine lange Reise.«

Sie sprach so, wie sie zu Leila gesprochen hatte, als diese noch ein Kind gewesen war.

Leila lachte und gehorchte willig.

Erst in ihrem Zimmer hatte sie instinktiv das Gefühl, daß irgend etwas nicht stimmte.

»Was ist passiert, Nanny?« fragte sie.

Sekundenlang glaubte sie, Nanny würde ihr die Frage beantworten.

Doch die ältere Frau sagte nur: »Ich glaube, Sie werden feststellen, daß sich einiges in diesem Haus geändert hat, Miß Leila — und leider nicht zum Besseren.«

Mehr war Nanny nicht zu entlocken. Doch schon bald sollte Leila erkennen, daß es Sir Robert war, dem die Anspielung gegolten hatte.

Zunächst erschien er ihr sehr viel älter und dicker als früher.

Doch er wirkte auch vom Wesen her völlig anders als zu der Zeit, da Leilas Mutter noch gelebt hatte.

Leila brauchte nicht lange, um dies zu bemerken. Und bald war ihr auch die Ursache der Veränderung klar. Sir Robert trank sehr viel mehr als früher.

Und die neuen Freunde, die sich ständig im Haus aufzuhalten pflegten, unterschieden sich deutlich von denjenigen, die er und ihre Mutter eingeladen hatten.

Für Leila stand jedenfalls fest, daß ihre Mutter diese Leute niemals akzeptiert hätte.

Sir Robert war immer ein wilder Reiter gewesen, und seine Freunde waren wie er: wüste Reiter, wüste Trinker und wüste Maulhelden.

Sie benutzten in der Unterhaltung Ausdrücke, die Leila regelrecht schockierten, und wenn ihnen etwas gegen den Strich ging, fluchten sie wie die Kesselflicker.

Am Anfang behandelten diese neuen Freunde sie mit Respekt.

Aber bereits nach wenigen Tagen verriet der gierige Ausdruck in ihren Augen und die Art, wie sie ihre Hände ausstreckten, um Leila zu berühren, daß ihre Gefühle ganz eindeutiger Art waren.

Nach Leilas Ankunft veranstaltete Sir Robert eine große Dinnerparty.

Ein Blick auf die geladenen Frauen sagte Leila, daß ihre Mutter mit ihnen niemals gern zusammengetroffen wäre.

Leila hatte viele Mütter ihrer Schulkameradinnen kennengelernt.

Es gab für sie keinen Zweifel, daß auch diese solche Frauen nie in ihrem Haus geduldet hätten.

Mit dem Fortgang des Dinners wurde das Lachen lauter, das Benehmen der Frauen immer ausgelassener, die Stimmen der Männer immer schwerfälliger und lallender.

Leila hatte etwas Derartiges noch nie erlebt.

Sie war entsetzt und angewidert zugleich. Und als einige der Ladies mit schwankenden Schritten den Raum verließen, flüchtete sich Leila in ihr Zimmer.

Sie war nicht überrascht, Nanny dort vorzufinden.

Worte erübrigten sich.

Leila warf sich Nanny in die Arme, und die alte Kinderfrau zog sie fest an sich.

»Ich wußte, es würde Sie erschrecken, Liebes«, sagte Nanny. »Doch die Frage ist, was Sie dagegen tun können.«

Es war eine Frage, die Leila die ganze Nacht über beschäftigte.

Am nächsten Morgen rief ihr Stiefvater sie nach dem Ausritt zu sich in sein Arbeitszimmer.

Leila war ziemlich nervös. Sie fragte sich, was er wohl von ihr wollte.

Als sie die Tür hinter sich geschlossen hatte, sagte er: »Ich habe gestern abend bemerkt, daß meine Freunde dir nicht gut genug sind.«

Er sprach sehr gereizt, und Leila dachte, daß er sehr abstoßend aussah und völlig anders als damals, als ihre Mutter noch gelebt hatte.

»Ich war sehr müde«, erwiderte sie nach einem Augenblick.

»Du lügst«, entgegnete er. »Ich nehme an, du warst entsetzt. Nun, sie sind nun eben mal meine Freunde. Und da deine Mutter mich alleingelassen hat, brauche ich jemanden, der mir Gesellschaft leistet.«

»Ja, natürlich, das verstehe ich«, sagte Leila leise. »Aber andererseits . . .«

»All right, all right!« rief Sir Robert. »Ich habe eine Lösung für dein Problem.«

Fragend schaute Leila ihn an, und er sagte: »John Hopthorne wird dich heute nachmittag besuchen.«

Leila versuchte sich zu erinnern, wer von den Gästen ihres Stiefvaters John Hopthorne war.

Dann fiel ihr ein, daß sie ihn einen Tag nach ihrer Ankunft aus Italien gesehen hatte, als er zum Luncheon kam.

John Hopthorne war kein besonders anziehender Mann. Er hatte mit Sir Robert über Pferde gesprochen.

Nun, da sie daran dachte, fiel ihr ein, daß er auch am vergangenen Abend unter den Gästen gewesen war.

Er hatte einige Worte mit ihr gewechselt, bevor das Dinner angekündigt worden war.

Doch sie war so frappiert gewesen über die eintreffenden Ladies, daß sie sich an kein einziges Wort erinnern konnte, das Mr. Hopthorne zu ihr gesagt hatte.

»Und weshalb will er mich besuchen?« fragte sie erstaunt.

»Ich denke, das ist ziemlich offensichtlich«, erwiderte Sir Robert. »Du bist ein sehr hübsches Mädchen — was mir mehr als einer der männlichen Gäste gestern abend bestätigte.«

»Soll das ... soll das heißen ...«

Leila verstummte.

Ihr Stiefvater konnte unmöglich meinen, was sie dachte.

»Hopthorne will dich heiraten«, erklärte Sir Robert. »Und ich habe ihm meine Einwilligung gegeben.«

»Mich ... mich heiraten?« stammelte Leila. »Aber das geht doch nicht!«

»Und warum nicht?«

»Er ist viel zu — viel zu alt für mich«, rief Leila. »Außerdem liebe ich ihn nicht!«

Sir Robert lachte schallend.

»Aber er ist sehr reich und eine angesehene Persönlichkeit in der Grafschaft. Er besitzt sogar eine eigene Hundemeute. Ich weiß nicht, was du dir noch mehr wünschen könntest!«

»Was ich mir wünsche, ist sehr viel mehr als das«, erwiderte Leila ruhig. »Meine Antwort auf diesen Vorschlag ist ganz einfach: Sie lautet nein!«

Einen Moment starrte Sir Robert sie an, dann sagte er: »Es ist bedauerlich, daß du so darüber denkst, denn ich habe ihm bereits meine Zustimmung gegeben. Ich bin dein Vormund, Leila, vergiß das nicht. Und da ich einen Ehemann für dich finden muß, zweifle ich daran, daß du etwas Besseres finden wirst als Hopthorne.«

Er machte eine Pause.

Als Leila schwieg, fuhr er fort: »Aus gut informierter Quelle weiß ich, daß er zum Ritter geschlagen werden soll. Entweder in diesem oder im nächsten Jahr. Er hat der konservativen Partei nämlich eine beträchtliche Geldsumme gestiftet.«

Wieder lachte er, aber es war keine Freundlichkeit in diesem Lachen.

»Du wirst eine Lady sein, meine Liebe. Eine Lady wie deine Mutter eine war, nachdem sie mich geheiratet hatte. Es gibt keine Frau, die nicht ganz verrückt auf einen Titel wäre.«

»Dann dürfte ich die Ausnahme sein«, erwiderte Leila, »denn ich will keinen Titel. Und ich will auch nicht heiraten — auf keinen Fall aber Mister Hopthorne.«

Sekundenlang herrschte eisiges Schweigen. Sir Robert schaute sie stirnrunzelnd an. Dann sagte er: »Du wirst genau das tun, was man dir sagt. Und je eher du verheiratet bist, um so besser. Ich möchte nicht, daß du naserümpfend auf meine Freunde herabblickst wie gestern abend und dich davonschleichst, weil sie dir nicht gut genug sind.«

Plötzlich verlor er die Beherrschung und schrie: »Wie kannst du es überhaupt wagen, mich zu kritisieren? Ich habe in all den Jahren für dich gesorgt, dich gekleidet, dich ernährt, dein Schulgeld bezahlt, um deiner Mutter zu gefallen. Und jetzt wirst du das tun, was ich dir sage. Du wirst Hopthorne heiraten und wenn ich dich an den Haaren zum Traualtar schleifen muß.«

Seine Stimme klang so drohend, daß Leila einen leisen Schreckensschrei ausstieß. Sie drehte sich um und rannte aus dem Raum.

Sie lief den Gang entlang zur Treppe, während Sir Robert ihren Namen schrie.

Am ganzen Körper zitternd verschloß sie hinter sich die Tür.

Dann warf sie sich auf ihr Bett. Das Zittern verstärkte sich, aber sie weinte nicht. Fieberhaft überlegte sie, was sie tun sollte, um Sir Robert zu entfliehen.

Nicht einmal in ihren schlimmsten Träumen hatte sie damit gerechnet, daß ihr etwas Derartiges zustoßen könnte, wenn sie wieder in England sein würde.

Sie war intelligent genug, um einzusehen, daß ein Vormund uneingeschränkte Bestimmungsgewalt über sein Mündel hatte.

Nicht einmal das Gesetz konnte sie vor Entscheidungen schützen, die dieser bezüglich ihrer Zukunft fällte.

»Ich werde fliehen!« sagte sie halblaut.

In diesem Augenblick klopfte es an die Tür. Ihre Haltung spannte sich.

Dann hörte sie Nannys Stimme, die rief: »Ich bin's, Miß Leila!«

Leila sprang auf und öffnete ihr.

Als sie dann Nannys altvertrautes liebes Gesicht vor sich sah, brach sie in Tränen aus.

»Es ist ja gut«, tröstete Nanny sie und nahm sie in die Arme. »Ich weiß, was geschehen ist. Sir Robert erzählte es seinem Kammerdiener, und von dem weiß ich es. Mister Hopthorne will Sie also heiraten.«

»Aber ich ... ich kann ihn nicht heiraten, Nanny. Ich kann keinen Mann heiraten, der so alt ist oder der sich so benimmt, wie sich die Männer gestern abend benommen haben.«

»Ich weiß. Es ist etwas, das sich Ihre Mutter — Gott hab sie selig — nie für Sie wünschen würde, Miß Leila«, erwiderte Nanny. »Aber was können wir dagegen tun?«

Leila löste sich aus Nannys Armen und durchquerte das Zimmer.

Vor dem Fenster blieb sie stehen und schaute in den gepflegten Garten und auf die grünen Felder hinaus.

Dann sagte sie: »Ich muß fort von hier, Nanny. Ich werde nach Italien zurückkehren. Wir werden schon eine Bleibe für uns finden. Und unseren Lebensunterhalt verdiene ich mit Malen.«

Nanny schüttelte den Kopf.

»Ich weiß nicht, ob Sir Robert das so ohne weiteres zuläßt. Er wird Sie bestimmt schon bald wieder nach Hause holen.«

Leila holte tief Luft.

Natürlich, Nanny hatte recht. Ihr Stiefvater, der von Mr. Hopthorne offensichtlich sehr beeindruckt war, würde auf seine Autorität als ihr Vormund pochen und alles tun, um sie wieder zurückzuholen und zur Ehe mit seinem Freund zu zwingen.

»Aber wohin könnte ich dann fliehen?« fragte sie verzweifelt. »Welche andere Möglichkeit bleibt mir noch?«

Auf diese Fragen schien es keine Antworten zu geben, und in Gedanken wandte sich Leila an ihre Mutter.

»Hilf mir, Mama, hilf mir! Du weißt, daß ich einen Mann nur heiraten kann, wenn ich ihn so sehr liebe, wie du Papa geliebt hast. Hilf mir zu fliehen, damit ich wenigstens die Zeit finde, darüber nachzudenken, was ich in der Zukunft tun kann!«

Ganz plötzlich — so als hätte ihre Mutter sie gehört und ihr geantwortet — wußte sie die Lösung.

Es durchzuckte sie wie ein Blitz.

Sie wandte sich zu Nanny um und sagte: »Ich weiß, wohin ich gehen kann, ohne daß mein Stiefvater mich findet!«

»Und wohin, Miß Leila?« fragte Nanny und blickte sich unwillkürlich im Raum um, als fürchtete sie, es könnte jemand lauschen.

»Du erinnerst dich doch an Mamas Schwester. Jedes Jahr zu Weihnachten schrieb sie mir eine Karte, und zu Mutters Tod bekam ich einen sehr liebevollen Brief von ihr.«

Nanny ließ einen überraschten Ruf hören.

»Meinen Sie die Baroneß?«

»Ja, natürlich. Mamas ältere Schwester. Obwohl sie sich nur selten sahen, da Tante Edith fast immer im Ausland weilte, schrieben sie sich regelmäßig.«

»Nun, das ist gar keine so schlechte Idee«, gab Nanny ihr recht. »Aber ich bin sicher, Sir Robert wird damit nicht einverstanden sein.«

»Sir Robert wird erst gar nichts davon erfahren!« entgegnete Leila scharf. »Wenn er den Verdacht hat, ich wollte davonlaufen, wird er mich daran hindern. Unter Umständen sperrt er mich sogar in mein Zimmer ein. Dem müssen wir zuvorkommen und so schnell wie möglich fliehen.«

»Erwarten Sie etwa, daß ich mitkomme?« wollte Nanny wissen.

»Du weißt, daß du mitkommen mußt«, erwiderte Leila. »Allein kann ich nicht reisen. Ich brauche jemanden, der sich um mich kümmert.«

Es klang wie der Hilfeschrei eines Kindes, und Nanny sagte: »Ich habe mich um Sie gekümmert seit Ihrer Geburt, und niemand wird mich daran hindern, das auch jetzt zu tun. Aber sind Sie sicher, mein Liebes, daß Flucht die einzige Lösung ist?«

»Ja, es ist das einzige, was ich tun kann«, antwortete Leila. »Ich weiß, wie schwer Mama es hatte, wenn Sir Robert sich etwas anderes in den Kopf gesetzt hatte als sie.«

Leila sah Nanny mitleiderregend an.

»Wenn du ihn vorhin toben gehört hättest, wüßtest du, wie absolut fest sein Entschluß steht, mich Hopthorne zur Frau zu geben. Gleichgültig, welche Einwände ich dagegen habe.«

Während sie sprach, spürte sie, wie ein Zittern sie überlief. Und sie wußte, daß Nanny von der Richtigkeit ihres Plans noch nicht überzeugt war.

»Bitte, Nanny, bitte hilf mir!« bat sie. »Und obwohl ich im Augenblick glaube, alle Männer zu hassen, möchte ich eines Tages dennoch heiraten — aber nur jemanden, der so ist wie Papa.«

»Ihr Vater war ein wirklicher Gentleman«, sagte Nanny.

»Was Sir Robert nicht ist.«

Bisher war Leila nicht ausschließlich dieser Meinung gewesen.

Obwohl sie von Anfang an kein gutes Gefühl ihm gegenüber gehabt hatte.

Nur weil die Freundinnen ihrer Mutter diese geliebt hatten, hatten sie Sir Roberts Gastfreundschaft angenommen, sowohl auf dem Land als auch in der Stadt.

Sir Robert war, so sagte sich Leila, ein Outsider, und Mr. Hopthorne war es auch.

Leila wußte, sie mußte klug vorgehen und sagte nun zu Nanny: »Pack alle Sachen ein, die wir brauchen werden. Aber achte bitte darauf, daß niemand etwas davon erfährt.«

Sie glaubte, Nanny wäre noch unentschlossen und fügte hinzu: »Es wäre ein großer Fehler, wenn wir von hier weggingen, ohne etwas mitzunehmen. Aber auch dazu wäre ich bereit, falls es notwendig sein sollte. Ich möchte jedenfalls unter keinen Umständen in diesem Haus als eine Gefangene leben, die ihren Kerker nur als Braut verlassen darf. Nein, ich bin fest entschlossen, alles zu tun, um mir meine Freiheit zu erhalten. Selbst dann, wenn ich alleine fliehen müßte.«

»Ich werde tun, was Sie mir aufgetragen haben, Miß Leila«, antwortete Nanny. »Aber Sie wissen, wie vorwitzig Diener sein können. Wenn sie auch nur den leisesten Verdacht schöpfen, werden sie es ihrem Master unverzüglich mitteilen.«

»Dann müssen wir eben noch cleverer sein«, sagte Leila.

Über eine Stunde steckten die beiden die Köpfe zusammen und entwarfen einen Schlachtplan. Dann ging Leila zum Luncheon nach unten.

Sie traf den Stiefvater allein bei einem Glas Champagner in seinem Arbeitszimmer an.

Die Art wie er aufblickte, als sie eintrat, verriet ihr, daß er sich wegen seines unbeherrschten Verhaltens von vorhin schämte.

Sie näherte sich seinem Schreibtisch und sagte: »Es tut mir leid, wenn ich dich verärgert haben sollte, Stiefvater. Aber dein Vorschlag kam ziemlich überraschend für mich.«

Ihre Entschuldigung machte Sir Robert noch verlegener, und er erwiderte abrupt: »Vergiß es! Möchtest du einen Schluck?«

»Nein, danke«, gab Leila zur Antwort, »doch ich muß zugeben, daß ich ziemlich hungrig bin.«

»Warum, zum Teufel, ist denn das Luncheon noch nicht fertig?« fragte er.

Er ging zum Kamin und wollte eben zur Klingel greifen, als die Tür geöffnet wurde.

»Das Luncheon ist fertig, Sir Robert«, meldete der Butler.

»Wurde aber auch Zeit«, entgegnete Sir Robert. »Komm, Leila, du sagtest, du hast Hunger.«

Sie gingen in den kleineren Speisesaal und setzten sich an den Tisch.

Leila brachte das Gespräch auf die Pferde, die Sir Robert kürzlich gekauft hatte.

Er war überzeugt, daß er mit ihnen alle anderen Pferdebesitzer in der Grafschaft in den Schatten stellen würde.

Erst als das Mahl beendet war, sagte er zu Leila: »Du

denkst ja daran, daß Hopthorne heute nachmittag kommt, um dir seine Aufwartung zu machen.«

»Ja, natürlich«, antwortete Leila. »Ich überlege eben, ob ich nicht morgen oder an einem der nächsten Tage einmal nach London fahren sollte, um einige Kleider zu kaufen.«

»Kleider, Kleider!« stieß Sir Robert hervor. »An etwas anderes können Frauen wohl nicht denken! Aber du hast recht. Du wirst zweifellos einiges für deine Aussteuer benötigen.«

Er beobachtete sie scharf bei seinen letzten Worten, so als wartete er auf ihren Protest.

Doch Leila lächelte.

»Ich bin doch gerade erst wieder nach Hause gekommen, Stiefvater, und würde gerne noch ein wenig bei dir bleiben.«

Ihre Antwort versetzte Sir Robert ganz offensichtlich in Erstaunen.

Nach einem Augenblick sagte er: »Das hat keine Eile, laß dir also Zeit. Und natürlich brauchst du eine anständige Garderobe — was heißt, du brauchst Geld.«

Er lachte, als hätte er einen Scherz gemacht. Leila lächelte nur.

Als dann nach dem Luncheon der Wagen vorgefahren und Sir Robert fort war, eilte Leila zu Nanny hinauf.

John Hopthorne erschien pünktlich um vier.

Leila trug eins ihrer schönsten Kleider und wartete im Salon auf ihn.

Als der Butler ihn meldete und John Hopthorne eintrat, betrachtete Leila ihn kritisch. Sie hatte das Gefühl, ihn noch nie gesehen zu haben.

Sofort wußte sie, er war ein Mann, den sie in Millionen Jahren nicht lieben würde.

Etwas war in seiner Erscheinung und in der Art, wie er sich bewegte, das ihr verriet, daß er kein Gentleman wie ihr Vater war.

Ja, er war ein Außenseiter — genauso wie ihr Stiefvater.

»Ich habe gehofft, Sie allein anzutreffen«, sagte der Besucher. »Ich nehme an, Ihr Stiefvater hat Ihnen gesagt, warum ich hier bin.«

Er kam ohne Umschweife zur Sache, doch Leila spürte, daß er seiner selbst nicht sicher war und Angst vor ihrer Antwort hatte.

Da sie nichts sagte, ergriff er nach einem kurzen Zögern wieder das Wort: »Vielleicht sollte ich es klar und deutlich sagen: Ich möchte um Ihre Hand anhalten. Ich bitte Sie, meine Frau zu werden.«

»Warum?« fragte Leila.

Es war eine Frage, mit der John Hopthorne offenbar nicht gerechnet hatte. Nach kurzem Nachdenken erwiderte er: »Sie sind das schönste Mädchen, das ich jemals gesehen habe.«

Leila wartete, daß er weitersprach. Aber er blieb stumm. Nach einem etwas unbehaglichen Schweigen sagte sie: »Ihr Antrag ehrt mich natürlich, doch ich bin der Überzeugung, es wäre klüger, wenn wir uns erst etwas besser kennenlernen würden.«

»Das ist nicht nötig«, erklärte John Hopthorne. »Ich weiß, daß ich Sie haben will, und das wird sich nicht ändern, gleichgültig, wie lange wir warten.«

»Aber ich habe Sie erst zweimal gesehen«, widersprach Leila vorsichtig. »Sie verstehen sicher, wenn ich noch warten will, bis ich Sie etwas besser kenne als in diesem Augenblick. Schließlich haben wir kaum ein Wort miteinander gewechselt. Wir wissen nicht, wo unsere Vorlieben liegen und welche Einstellung zum Leben wir haben.«

»Ich weiß, daß ich Sie heiraten möchte«, stellte John Hopthorne mit entschiedener Stimme fest. »Und ich werde Ihnen alles geben, was Sie sich wünschen — innerhalb eines vernünftigen Rahmens.«

»Ich wüßte nicht, was ich mir Besonderes wünschen sollte.«

Hopthorne lachte.

»Das werden Sie bald schon nicht mehr sagen«, erwiderte er. »Sobald wir verheiratet sind, werden Sie sich Schmuck wünschen. Und ich wäre durchaus nicht überrascht, wenn Sie den Wunsch hätten, einige Zimmer meines Hauses neu zu gestalten.«

»Ich habe wirklich noch mit keinem Gedanken an derartige Dinge gedacht«, erwiderte Leila.

»Well, in einer Beziehung können Sie völlig sicher sein. Sobald Sie mit mir verheiratet sind, werden Sie es nicht mehr nötig haben, auf den Penny zu schauen, und wenn Sie nicht gerade den Mond haben wollen, ich werde Ihnen alles schenken, um was Sie mich bitten.«

Leila lachte.

»Ich sehe, Sie sind sehr großzügig. Doch ich brauche noch ein wenig Zeit, um über Ihren Antrag nachzudenken und auch, um Sie als Mann kennenzulernen.«

»Kein Problem«, sagte John Hopthorne. »Da ich Sie auch als Frau kennenlernen möchte, schlage ich vor, wir verringern etwas den Abstand zwischen uns.«

Er streckte die Arme nach ihr aus, doch Leila wich mit einem raschen Schritt vor ihm zurück.

Ihr Herz begann zu rasen vor Angst, doch mit erstaunlicher Selbstbeherrschung schaffte sie es, nach außen hin völlig ruhig und gelassen zu wirken.

»Nein!« sagte sie nur.

»Aber warum nicht?« fragte er. »Ich kann Ihnen versichern, daß ich nur den einen Wunsch habe, Sie zu küssen. Ich habe es mir von dem Augenblick an gewünscht, da ich Sie zum ersten Mal sah.«

»Ich weiß eben noch nicht, ob ich Sie küssen möchte«, erwiderte Leila. »Und das ist der Grund, weshalb Sie damit noch warten müssen.«

Er schien zu denken, daß es an der Zeit wäre die Initiative zu ergreifen. Er bewegte sich auf Leila zu, die auf der anderen Seite des Lehnsessels stand.

»Ich habe vor, morgen nach London zu fahren«, sagte sie rasch. »Ich werde mich dort auch nach einem passenden Brautkleid umsehen. Aber es ist unmöglich, ein solches Kleid über Nacht anzufertigen.«

John Hopthorne blickte sie über den Sessel hinweg an.

»Was würden Sie zu einem Hochzeitstermin in etwa drei Wochen sagen?« fragte er mit Hoffnung in den Augen. »Der Pfarrer hätte dann genügend Zeit, das Aufgebot zu verlesen.«

»Ich denke, drei Wochen genügen nicht, um ein wirklich elegantes Hochzeitskleid anzufertigen«, erwiderte Leila.

»Und wie lange würde das dauern?«

»Ich werde es Ihnen sagen, sobald ich aus London zurück bin.«

»Gut, dann muß ich mich damit wohl zufrieden geben.«

»Ich kann doch unmöglich mit einem Brautkleid an

den Traualtar treten, das nicht richtig sitzt und das weder der Großzügigkeit meines Stiefvaters noch dem Rang und der Stellung des Bräutigams gerecht wird.«

John Hopthorne lachte.

»Einverstanden, in Ordnung. Aber nun komm und gib mir zur Besiegelung unserer Abmachung einen Kuß. Wir werden also in einem Monat heiraten.«

»Nein, nein, Sie sind viel zu ungeduldig, Sie wollen alles überstürzen«, sagte Leila.

»Und du spielst nicht etwa Nachlaufen mit mir?« fragte er.

»Wie jeder gute Jäger werden Sie für Ihr Geld eine gute Jagd genießen«, entgegnete Leila.

Wieder lachte John Hopthorne.

Leila stand immer noch hinter dem Sessel, und er sagte sich, daß er sich lächerlich machte, wenn er versuchte, sie zu haschen und es ihr gelingen würde, sich ihm zu entziehen.

»Na gut«, meinte er. »Diesmal hast du gewonnen. Aber mach keine Dummheiten, Leila. Mein Entschluß, dich zu heiraten, steht fest, und eine Beute lasse ich mir nie mehr abnehmen.«

Leila wollte schon, daß sie ihn genauso eingeschätzt hätte.

Doch statt dessen zwang sie sich zu einem Lächeln und sagte: »Das klingt ja richtig furchteinflößend. Ich bin sicher, daß es eine Dummheit wäre, es sich mit Ihnen zu verderben. Also werde ich alles tun, damit wir Freunde werden.«

»Ich will dein Mann werden«, sagte John Hopthorne mit einer Stimme, die ihr verriet, daß er den Sinn ihrer Worte überhaupt nicht begriffen hatte.

»Das haben Sie mir unmißverständlich klargemacht«,

antwortete sie. »Vielleicht schauen Sie Ende der Woche wieder vorbei. Sie wissen ja nun, daß ich für ein paar Tage nach London fahre.«

Er schien erfreut zu sein, und nach einem Augenblick sagte er: »Einverstanden. Richten Sie Ihrem Stiefvater aus, ich werde am Donnerstag zum Dinner kommen. Ich möchte keine große Gesellschaft — nur wir beide.«

Er machte eine Pause und sagte dann bedeutungsvoll: »Diese Nacht ist Vollmond, falls du romantische Gefühle haben solltest.«

»Ob ich die haben werde, kann ich Ihnen erst übermorgen sagen.«

John Hopthorne schaute Leila an. Sie glaubte in seinen Augen einen Ausdruck zu erkennen, der ihr angst machte.

Dann sagte er: »Bevor ich jetzt gehe, sage ich dir eins: Du bist eine verdammt anziehende Frau, und es würde mich mit großem Stolz erfüllen, wenn du meine Gemahlin werden würdest.«

Diese Worte hatten ihn eine solche Anstrengung gekostet, daß Leila versucht war, ihm zu applaudieren.

Statt dessen sagte sie mit ruhiger und, wie sie hoffte, verlegener Stimme: »Es war sehr liebenswürdig von Ihnen, mir das zu sagen.«

John Hopthorne wandte sich ab, als wollte er zur Tür gehen, und Leila trat hinter dem Sessel hervor, um ihm zu folgen.

Doch ganz unerwartet machte er auf dem Absatz kehrt und riß sie jäh in seine Arme.

»Jetzt hab ich dich!« keuchte er. »Ich werde dir zeigen, daß es nicht gut ausgeht, wenn du mich zu sehr an der Nase herumführst.«

Er preßte sie fest an sich, und Leila wußte, daß er sie küssen würde. Verzweifelt wehrte sie sich.

Er war stark, und sie konnte sich aus seiner Umarmung nicht befreien.

»Ich begehre dich«, stöhnte er. »Gott allein weiß, wie sehr.«

Seine Stimme war heiser vor Leidenschaft. Sie wandte den Kopf zur Seite, und seine Lippen trafen ihren Nacken und ihre Ohren.

Die gierige Berührung seines Mundes bereitete ihr Übelkeit.

»Lassen Sie mich los«, bat sie.

»Du gehörst mir, und es gibt für dich kein Entkommen mehr!« rief er unbeherrscht.

Er versuchte, ihre Lippen zu küssen, aber es gelang Leila immer wieder, ihm auszuweichen.

Sie bekam kaum noch Luft, ihr Mund war fest zusammengepreßt, und sie fürchtete, sich seiner nicht länger erwehren zu können.

Doch dann wurde die Tür geöffnet. Newman, der Butler, erschien auf der Schwelle und fragte mit ruhiger, ehrerbietiger Stimme: »Wünschen Sie, daß ich den Tee serviere, Miß Leila?«

Unwillkürlich hatte sich die Klammer von Mr. Hopthornes Umarmung gelockert, und Leila gelang es, sich von ihm zu befreien.

Sie lief an Newman vorbei aus dem Zimmer, durchquerte die Halle und rannte die Treppe hinauf. Das Herz klopfte ihr bis in den Hals, und ihre Lippen fühlten sich trocken an.

Nanny lag auf den Knien und packte ihren Koffer.

»Was ist los, Liebes? Wer hat Ihnen etwas getan?«

»Schnell, Nanny!« flüsterte Leila mit einer Stimme, die nicht die ihre zu sein schien. »Wir müssen weg von hier! Wir müssen unbedingt von hier weg!«

Während sie die Worte hervorstieß, wußte sie, daß sie sich selbst töten würde, wenn man sie zwang, Mr. Hopthorne zu heiraten.

KAPITEL DREI

Leila und Nanny verließen das Haus am nächsten Morgen gegen halb fünf.

Leila wußte, daß Sir Robert zu dieser Zeit tief und fest schlief, denn er hatte am Abend zuvor dem Wein kräftig zugesprochen.

Sie hatten allein gespeist, und es schien ihm Freude gemacht zu haben.

Obwohl Leila nach der Begegnung mit Mr. Hopthorne gerne auf ihrem Zimmer geblieben wäre und am liebsten keinen Menschen mehr gesehen hätte, wußte sie, daß das ein Fehler sein würde.

Sie wollte dieser beängstigenden Falle entfliehen, die sich über ihr zu schließen drohte. Und das würde ihr nur gelingen, wenn sie mit aller Kaltblütigkeit und Schläue vorging.

»Hilf mir, Papa!« betete sie.

Sie hatte das Gefühl, nur ihr Vater verstand die Gefährlichkeit der Situation, in der sie sich befand.

Daher hatte sie Sir Robert gegenüber auch erwähnt, daß sie unbedingt eine neue Garderobe benötigte.

Auch beim Dinner brachte sie das Gespräch wieder auf dieses Thema.

»Ich fürchte, Stiefvater, der Einkauf wird dich einiges kosten.«

Sir Robert lachte.

»Ich will doch nicht annehmen, daß du mich in den Bankrott treiben und finanziell zugrunde richten möchtest. Aber ich kann natürlich verstehen, daß du nach der langen Trauerzeit gern ein paar hübsche Sachen in hübschen Farben haben möchtest.«

Leila erzählte ihm nicht, daß sie in den vergangenen Monaten sowieso »hübsche Farben« getragen hatte, sondern erwiderte: »Ich bin ganz sicher, ich werde in London einige hübsche Sachen finden. Doch wie soll ich sie bezahlen?«

Sie sprach zögernd, so als schämte sie sich, ihn um Geld zu bitten.

»Laß alles anschreiben«, sagte Sir Robert. »In den teuren Geschäften habe ich überall Kredit.«

»Ich fürchte, ich benötige nicht nur Kleider, sondern auch Schuhe, Handschuhe und Hüte.«

Wieder lachte Sir Robert.

»Ich denke, du möchtest lieber Bargeld von mir«, sagte er. »Ich werde dir fünfzig Pfund mitgeben. Aber vergiß nicht, dir bei jedem Einkauf eine Rechnung geben zu lassen.«

»Natürlich nicht!« rief Leila. »Und vielen Dank, Stiefvater.«

Während des Dinners trank er wieder sehr viel, und auch danach sprach er dem Alkohol tüchtig zu.

Als sie ihn verließ, hatte er bereits eine halbe Flasche Portwein geleert und damit angefangen, Worte zu verschlucken und unartikuliert zu sprechen.

Das Geld hatte sie jedoch noch am selben Abend von ihm bekommen.

In der Zwischenzeit war Nanny nicht untätig gewesen und hatte sich von Newman einen Bradshaw's Guide geliehen.

Er enthielt die Abfahrtszeiten der Züge und auch den Fahrplan der Steam Navigation Company, wie Leila erleichtert feststellte.

Von London fuhr jeden Mittwoch ein Schiff nach Rotterdam. Das gleiche Schiff verkehrte auch am Freitag.

Es erschien Leila als ein gutes Omen, daß sich ihnen schon am folgenden Tag eine Fahrgelegenheit bot. Lange bevor Sir Robert mißtrauisch werden konnte, weil sie nicht mehr aus London zurückgekehrt waren.

Sie hatte sich schon überlegt, was sie ihm schreiben würde.

Während Nanny das Kleid einpackte, das sie soeben ausgezogen hatte, setzte sich Leila an den kleinen Sekretär und schrieb:

Lieber Stiefvater,
besten Dank für die fünfzig Pfund, über die ich sehr froh bin. Ich werde versuchen, nicht zu verschwenderisch damit umzugehen. Aber da ich London nicht kenne, werde ich gewiß einige Zeit brauchen, um all die Dinge einzukaufen, die ich benötige.
Ich habe mich gerade daran erinnert, daß mir eine Freundin von Mama erst vor einem Monat schrieb, sie würde sich freuen, wenn ich nach meiner Rückkehr einige Tage in ihrem Haus in Mayfair verbringen und sie und ihre Familie auch einmal auf dem Lande besuchen würde.

Ich denke, ich sollte die Gelegenheit nutzen und einige Nächte bei ihr wohnen, um anschließend das Wochenende mit ihnen in ihrem Landhaus zu verleben.
Nochmals vielen Dank für Deine Freundlichkeit!
Deine Dich liebende Stieftochter
Leila

Als sie und Nanny dann in aller Frühe das Haus verließen, waren nur zwei Diener in der Halle. Einem von ihnen übergab sie den Brief.

»Geben Sie ihn Sir Robert, wenn er aufgewacht ist«, sagte sie. »Wenn er fragen sollte, weshalb wir schon so früh aufgebrochen sind, sagen Sie ihm, ich dächte, daß wir nicht früh genug in London sein könnten, da wir so vieles zu besorgen hätten.«

»Ich werde dem Master Ihre Nachricht so schnell wie möglich übergeben, Miß«, sagte der Diener.

Die Fahrt nach London verlief ohne Zwischenfälle.

Dort angekommen, mieteten sie eine Kutsche nach Blackwell. Zu warten, bis ein Zug fuhr, hielt Leila für unklug.

Eine Viertelstunde vor der Abfahrt trafen sie auf dem Dampfer ein. Als sie endlich an Bord waren, stieß Leila einen Seufzer der Erleichterung aus.

Nanny aber erwies sich wieder einmal als die Praktischere von ihnen.

Sie gab einem Steward ein Trinkgeld und ließ sich von ihm einen guten Sitzplatz zeigen. Dann bestellte sie Tee und Gebäck bei ihm.

Nach der langen Reise brauchten sie unbedingt etwas zu essen.

Als der Dampfer ablegte, verspürte Leila ein Gefühl

von Abenteuer und Wagnis. Sie war sicher, ihr Vater hätte sie verstanden.

Sie erinnerte sich daran, daß er einmal gesagt hatte: »Fürchte dich nie davor, eine Gelegenheit beim Schopf zu fassen, wenn sie sich dir bietet. Es sind das Zaudern und die Unentschlossenheit, die einem Menschen im Leben gefährlich werden.«

Sie wußte, daß er dabei an die Taktik der Kriegsführung dachte.

Der Vergleich kam ihr sehr passend vor, denn auch sie führte einen Kampf, einen Kampf gegen die Mächte des Schicksals, das sich gegen sie verschworen zu haben schien.

Wenn sie sich nicht zu dieser entsetzlichen Ehe zwingen lassen wollte, mußte sie sich zur Wehr setzen und Taktiken anwenden, mit denen der Feind nicht rechnete.

»Wie kann ich einen Mann heiraten, den ich nur zweimal gesehen habe und dem gegenüber ich einen regelrechten Abscheu empfinde!« sagte sie sich.

Sie hörte noch immer Mr. Hopthornes heiseres, vor Leidenschaft zitternde Stimme, sah immer noch den Ausdruck in seinen Augen, der ihr eine unsagbare Angst eingeflößt hatte.

Sie hatte nachher ihren Hals so lange mit Bürste und Seife bearbeitet, bis die Haut wund gewesen war, denn sie hatte das ekelhafte Gefühl seiner Lippen abscheuern wollen.

Leila war so mit ihren Gedanken beschäftigt, daß sie nicht merkte, wie sie den Hafen verließen und auf die hohe See hinausfuhren.

Das Meer war sehr unruhig, und einige der Passagiere fühlten sich unwohl.

Nanny half sich mit starkem schwarzem Tee, den sie sich unentwegt bestellte.

Der Steward, der ihr den Tee brachte, unterdrückte ein Grinsen und sagte: »Das ist noch gar nichts. Im Sommer ist das Wetter meistens ziemlich harmlos. Sie sollten mal sehen, was oft im Herbst und Frühling los ist.«

»Je früher Sie größere Schiffe bauen lassen, um so besser«, entgegnete Nanny, die immer das letzte Wort haben mußte.

Nach ihrer Ankunft in Rotterdam fanden sie gleich einen Zug nach Den Haag.

Trotzdem wurde es Abend, bis sie dort eintrafen, und Leila hatte große Bedenken, ihre Tante könnte nicht zu Hause sein.

Sie hatte Tante Edith seit Jahren nicht mehr gesehen und konnte sich kaum noch erinnern, wie sie aussah.

Doch dann sagte sie sich, daß sie bestimmt ihrer Mutter gleichen würde.

Nach den Worten in ihrem Brief, den sie Leila nach dem Tod der Schwester geschrieben hatte, glaubte das junge Mädchen sicher sein zu können, daß es hier willkommen war.

Eine ältliche Dienerin öffnete die Tür des attraktiven roten Backsteinhauses mit weißen Fensterrahmen und einem stattlichen Giebel.

»Würden Sie Baroneß von Alnradt bitte melden, ihre Nichte sei da«, sagte Leila.

Überrascht musterte die Dienerin sie. Dann schaute sie auf Nanny und das Gepäck, das der Kutscher aus dem Wagen holte.

»Die Baroneß liegt im Bett«, antwortete das Hausmädchen, das ein vorzügliches Englisch sprach.

»Tut mir leid, daß ich so spät bin . . .«, begann Leila.

»Die Baroneß ist krank«, sagte das Mädchen, »und das schon seit einiger Zeit.«

Leila stieß einen leisen Schreckensschrei aus.

»Dann muß ich sie sofort sehen. Ich hatte keine Ahnung, daß es ihr nicht gutgeht.«

Das Hausmädchen führte sie eine Holztreppe hinauf und öffnete eine Tür auf dem ersten Stock.

»Ihre Nichte möchte Sie sehen, Ma'am«, sagte sie ohne lange Einleitung.

Leila betrat das Zimmer. Vor sich sah sie im Bett sitzend das viel ältere Ebenbild ihrer Mutter.

Ein Blick genügte ihr, um zu wissen, wie krank ihre Tante war. Das Haar war schlohweiß, und tiefe Linien durchzogen das wächserne Gesicht.

Die Ähnlichkeit war dennoch offenkundig. Leila machte ein paar rasche Schritte auf das Bett zu.

»Tante Edith!« rief sie. »Ich bin Leila. Ich bin zu dir gekommen, weil ich deine Hilfe brauche.«

»Was für eine Überraschung, mein liebes Kind!« rief die Baroneß. »Wie schön du bist. Ganz wie deine Mutter!«

»Und du gleichst ihr ebenfalls sehr«, erwiderte Leila. »Ich fürchtete schon, ich würde dich nicht wiedererkennen. Aber das ist gar kein Problem. Bitte, verzeih mir, daß wir so unangemeldet hier auftauchen.«

»Du bist nicht allein?« fragte die Baroneß.

»Nein, natürlich nicht. Nanny ist bei mir, so wie damals, als ich noch ein Baby war. Sie erinnert sich noch gut an deinen Besuch in unserem Haus vor vielen Jahren.«

»Ja, auch ich erinnere mich noch gut daran«, sagte die Baroneß. »Aber warum, mein Liebes, brauchst du meine Hilfe?«

»Ich werde dir alles erzählen«, sagte Leila. »Doch bitte, wärst du damit einverstanden, daß wir bei dir wohnen? Wir wissen nämlich nicht, wohin wir sonst gehen sollten.«

»Natürlich könnt ihr bleiben«, antwortete die Baroneß. »Aber ich begreife nicht, was geschehen ist. Ich glaubte, du lebtest nach dem Tod deiner Mutter bei deinem Stiefvater.«

»Das genau ist es, was ich dir erklären muß«, sagte Leila.

Die Baroneß betätigte den Klingelzug an ihrem Bett.

»Als erstes werdet ihr sicher eure Reisekleidung ablegen und euch ein wenig frischmachen wollen. Und ihr habt doch gewiß großen Hunger nach der langen Reise. Gertrude wird sich um euch kümmern und euch zeigen, wo ihr schlafen könnt.«

Leila stellte fest, daß Gertrude nicht der einzige dienstbare Geist im Haus war. Es gab in der Tat noch drei von ihnen. Ihre Tante lebte sehr komfortabel.

Das Essen war hervorragend, wenn auch ein wenig schwer, wie das für Holland typisch war.

Doch Leila hatte ein sehr hübsches Schlafzimmer, und auch Nanny war bestens versorgt.

Als Leila dann ihrer Tante erzählte, was nach dem Tod der Mutter geschehen war, reagierte diese regelrecht entsetzt.

»Aber natürlich kannst du keinen Mann heiraten, den du erst zweimal gesehen hast und der dazu noch so viel älter ist als du«, rief die Baroneß. »Es ist skandalös von Sir Robert, dir einen derartigen Vorschlag zu machen. Das werde ich ihm auch sagen, sobald ich ihn sehe.«

Leila stieß einen entsetzten Schrei aus.

»Aber du darfst ihn auf keinen Fall sehen, und ich auch nicht!« sagte sie. »Wenn mein Stiefvater einmal einen Entschluß gefaßt hatte, war es sogar für Mama äußerst schwierig, ihn wieder davon abzubringen. Sie hatte in den allermeisten Fällen keinen Erfolg damit.«

»Dann wirst du dich also hier verstecken müssen, bis wir eine Lösung gefunden haben«, erklärte die Baroneß.

»Ja, das ist es, was ich mir erhofft habe«, sagte Leila. »Außerdem freue ich mich sehr darauf, mit dir zusammenzusein und dich von Mama und Papa erzählen zu hören.«

»Ich habe deine Mutter sehr geliebt«, antwortete die Baroneß. »Wir hatten viele Gemeinsamkeiten, obwohl sie zehn Jahre jünger war als ich. Doch da mein verstorbener Mann im diplomatischen Dienst stand, waren wir ununterbrochen auf Reisen, und daher haben wir uns nach meiner Heirat viel zu selten sehen können.«

Sie hielt Leila die Hand hin.

»Deine Anwesenheit wird mich jetzt dafür entschädigen, daß ich kaum etwas von Mildred hatte. Ich fürchte nur, mein liebes Kind, daß meine Gesellschaft für dich recht langweilig sein dürfte.«

»Nein, nein! Ich bin sicher, das ist unmöglich«, widersprach Leila. »Außerdem ist Den Haag eine wundervolle Stadt, wie mir der Weg vom Bahnhof hierher zeigte. Und dann möchte ich natürlich auch die berühmten Museen besuchen.«

»Du hast schon davon gehört?« fragte die Baroneß erstaunt.

»Auf der Kunstakademie in Florenz sprachen sie über die Gemälde in Holland. Ich hatte immer das Gefühl, die

Italiener wären ziemlich neidisch auf eure Großen wie Rubens und Rembrandt.«

Die Baroneß lachte.

»Ja, Holland hat eine einmalige Stellung in der Kunstwelt. Aber in Florenz lehrte man dich die Liebe zu Bildern und das Verständnis für sie.«

»Im letzten Jahr habe ich selbst Malunterricht erhalten«, sagte Leila.

»Oh, ich wünschte, mein Mann lebte noch«, sagte die Baroneß melancholisch. »Nachdem er den diplomatischen Dienst aufgegeben hatte, widmete auch er sich der Malerei. Natürlich war er vorher schon ein leidenschaftlicher Sammler, aber dann hatte er endlich Zeit, auch Künstler zu sein.«

»Ich hoffe, du hast einige Bilder von ihm hier«, rief Leila. »Ich würde sie mir schrecklich gern anschauen.«

»Ich habe sogar ziemlich viele von ihm.« erwiderte die Baroneß. »Im übrigen kannst du sein Atelier benutzen.«

Leilas Augen leuchteten auf.

»Bist du sicher, daß du mir das erlauben möchtest?«

»Aber selbstverständlich«, antwortete ihre Tante. »Du wirst dort alles finden, was du brauchst. Aber zuerst mußt du das Mauritshuis besuchen, von dem du sicher schon gehört hast. Es ist das berühmteste Museum, das wir in Den Haag haben.«

»Ich kann es schon gar nicht mehr erwarten!« rief Leila.

An diesem Abend ging sie sehr früh zu Bett, denn sie war völlig erschöpft.

Am nächsten Tag ging sie auf den Speicher und fand dort das schönste Atelier, das sie jemals gesehen hatte.

Der Baron schien tatsächlich entschlossen gewesen zu sein, das Beste aus seinem künstlerischen Talent zu machen.

Er hatte ein großes Nordfenster einsetzen lassen, weil es einem Künstler jenes Licht liefert, das zum Malen am geeignetsten ist.

Die Decke war für einen Speicher überraschend hoch, und an den Wänden hingen zahlreiche Bilder, die der Baron selbst gemalt hatte und von denen viele die Kopien von Gemälden alter Meister waren.

Nachdem Leila das Atelier gründlich erkundet hatte, lief sie aufgeregt nach unten, um ihrer Tante zu danken, daß sie ihr erlaubt hatte, es zu benutzen.

Sie erschrak beim Anblick der Baroneß, die sehr bleich war und dunkle Ringe unter den Augen hatte.

»Wie fühlst du dich, Tante Edith?« fragte sie.

»Ich hatte eine schlimme Nacht, mein Kind.«

»Ich hoffe, es war nicht meine Schuld.«

»Die Aufregung über dein Kommen mag etwas damit zu tun gehabt haben«, gab die Tante zu. »Doch ich fürchte, ich bin eine sehr kranke Frau.«

Leila ließ sich auf dem Bettrand nieder.

»Ich schäme mich, daß ich mich noch nicht nach deiner Krankheit erkundigt habe. Aber gestern ist es mir gar nicht aufgefallen, daß du ernstlich krank bist.«

»Ich habe einen Tumor in mir, und obwohl die Ärzte mich drängen, ihn operativ entfernen zu lassen, will ich ihnen meine Einwilligung dazu nicht geben.«

Tante Edith streckte eine abgezehrte weiße Hand aus und ergriff Leilas Rechte.

»Ich glaube, du verstehst, mein Kind, daß ich nicht den Wunsch habe, mit meinen Schmerzen sehr alt zu werden.

Abgesehen davon weiß ich, daß große Operationen selten sehr erfolgreich sind.«

»Aber Tante Edith . . .«, versuchte Leila zu widersprechen.

Ihre Tante brachte sie mit einer Bewegung der anderen Hand zum Schweigen.

»Da du dich entschlossen hast, bei mir zu wohnen und mit mir zusammenzuleben, halte ich es für gut, wenn du meine Situation kennst«, sagte sie. »Ich habe meinen Mann sehr geliebt und komme mir ohne ihn sehr einsam und verlassen vor.«

Sie machte eine Pause und blickte Leila forschend an, ehe sie fortfuhr: »Hätte ich das Glück gehabt, eigene Kinder zu haben, sähe gewiß alles ganz anders aus. Ich habe allerdings zwei Stiefsöhne. Jan ist zwar sehr lieb zu mir, aber er lebt im Augenblick auf Java, wo er das Amt des Gouverneurs innehat.«

Leila lauschte den Worten der Tante voller Spannung, war sich jedoch bewußt, daß die Hand der Tante, die die ihre umschloß, beängstigend kalt war.

»Als die Ärzte mir zum erstenmal den Vorschlag machten, mich operieren zu lassen«, fuhr die Baroneß fort, »sagten sie, es bestehe eine Fifty-fifty-Chance, daß ich wieder ganz gesund würde. Doch sie erklärten mir auch, daß es sich um ein sehr kostspieliges Verfahren handelte.«

Als Leila die Tante überrascht anblickte, fügte diese hinzu: »Ich habe zwar genug Geld, um damit meinen Lebensunterhalt zu bestreiten, vorausgesetzt, ich gehe sparsam damit um. Aber für eine so große Ausgabe, wie sie in Holland für einen chirurgischen Eingriff verlangt wird, reicht es nicht.«

Leila wußte nicht, was sie sagen sollte. Die Baroneß fuhr fort: »Ich habe jedoch schon daran gedacht, meinem Stiefsohn Jan zu schreiben, als sein Bruder Niklas damit anfing, sich in einer sehr skandalösen Art und Weise zu verhalten.«

»Was meinst du damit?« fragte Leila.

»Niklas machte Schulden. Dann versuchte er mich zu überreden, einige Bilder zu verkaufen, die mein Mann ausdrücklich für Jan vorgesehen hatte. Als ich mich weigerte, wurde er sehr widerwärtig zu mir.«

Ihre Stimme nahm einen harten Klang an.

»Mir war dann klar: Wenn ich das Haus verlassen und in ein Krankenhaus gehen würde, müßte ich damit rechnen, daß er das Haus leerräumt. Sämtliche Bilder, die hier sind, würde er verkaufen, und es würde schwierig sein, ihn daran zu hindern.«

»So etwas Schreckliches habe ich ja noch nie gehört«, sagte Leila entsetzt. »Aber du kannst deshalb doch nicht eine Operation ablehnen, obgleich du überzeugt davon bist, daß sie dir Heilung bringen würde.«

»Mir liegt nicht mehr viel am Leben«, erwiderte die Baroneß. »Es würde also eine reine Geldverschwendung sein. Dabei kann Jan das Geld gut gebrauchen, wenn ich gegangen bin. Er hat nämlich eine große Familie.«

»Aber du solltest bedenken ...«, begann Leila, wurde jedoch von der Baroneß unterbrochen.

»Ich möchte über dieses Thema nicht weiter reden. Ich habe oft starke Schmerzen, aber die Ärzte haben mir etwas gegeben, das hilft, sie in Grenzen zu halten. Und jetzt bist du bei mir. Vielleicht macht deine Gesellschaft mich so glücklich, daß ich wie durch ein Wunder plötzlich geheilt werde.«

»Es ist unerträglich für mich, zu wissen, daß du leidest und Schmerzen hast«, sagte Leila. »Nanny erzählte mir, daß Mama sich so entsetzlich müde fühlte, bevor sie starb.«

Sie konnte ein Schluchzen in ihrer Stimme nicht unterdrücken, und ihre Tante sagte: »Ich bin sicher, daß deine Mutter dir jetzt ganz nahe ist, Liebes. Und daß sie froh ist, daß wir zusammen sind.«

»Natürlich ist sie das!« rief Leila.

»Ich bin übrigens fest davon überzeugt, daß es Mama war, die mir den Gedanken eingab, zu dir zu flüchten, als ich nicht mehr aus noch ein wußte vor lauter Verzweiflung über die Aussicht, zur Ehe mit Mister Hopthorne gezwungen zu werden.«

»Ja, das sehe ich auch so«, stimmte die Baroneß zu. »Aber nun möchte ich nicht mehr von mir sprechen. Und da du malst wie mein verstorbener Mann, habe ich einen Auftrag für dich.«

»Einen Auftrag?« Leila schaute die Tante erstaunt an.

»Es ist eine ziemlich aufregende Geschichte«, sagte die Baroneß. »Mein Mann war sehr befreundet mit Des Tombe, der ein berühmter Sammler war.«

Die Baroneß lächelte, als sie fortfuhr: »Stundenlang konnten sie zusammensitzen und über Bilder reden. Ich habe nie zwei Männer erlebt, die sich derart von einem Thema gefangen nehmen ließen. Sie schienen die Welt um sich herum völlig vergessen zu haben.«

»Ich glaube, daß alle Künstler so sind.« Auch Leila lächelte. »Sie kennen nur noch die Kunst und ihre Arbeit.«

»Ja, das stimmt, Liebes. Und es war mein Mann, der Des Tombe dazu überredete, Jan Vermeers ›Kopf eines Mädchens‹ dem Mauritshuis zu hinterlassen — nach seinem Tod.«

Leila wußte, daß Jan Vermeer van Delft einer der bedeutendsten holländischen Maler des 17. Jahrhunderts gewesen war.

Doch sie unterbrach die Baroneß nicht, als diese fortfuhr: »Es klingt unglaublich. Aber Des Tombe erwarb das Vermeer-Porträt für nur zwei Gulden und dreißig Cent. Inzwischen gilt es als eins von Vermeers größten Bildern und man kann es im Mauritshuis bewundern.«

»Dann werde ich es ja sehen! Wie aufregend!« rief Leila entzückt.

»Du wirst es nicht nur sehen, sondern es für mich kopieren. Jedenfalls wäre das mein größter Wunsch. Du weißt, daß ich zu krank bin, um ins Museum gehen zu können.«

»Aber natürlich tue ich das«, erklärte sich Leila bereit. »Es wird ein herrliches Erlebnis für mich sein!«

»Du würdest mir damit eine große Freude machen.« Ihre Tante lächelte. »Ich habe schon so viel über dieses wundervolle Bild gehört. Mir ist fast so, als gehörte das Mädchen, das dort abgebildet ist, zur Familie.«

Beide lachten, und Leila sagte: »Heute nachmittag gehe ich ins Museum. Ich nehme an, ich darf eine der Leinwände mitnehmen, die ich oben im Atelier gefunden habe.«

»Natürlich kannst du das, mein Schatz. Aber denke auch daran, daß du eine Leinwand aus der richtigen Epoche auswählst.«

Leila blickte verdutzt auf, und die Tante erklärte ihr: »Mein Mann war ein Perfektionist. Als er mit dem Malen begann, achtete er sorgfältig darauf, daß er zum Kopieren eines Bildes immer eine Leinwand wählte, die aus der gleichen Zeit stammte wie das Original. Die Folge davon war, daß er Leinwände sammelte, wo immer er sie finden konnte.«

»Eine gute Idee!« rief Leila.

»Das habe ich mir auch gedacht«, erwiderte die Baroneß. »Du findest die ganze Sammlung übrigens oben auf dem Speicher, zusammen mit den richtigen Farben. Mein Mann war sehr gewissenhaft in allen Dingen. Er fertigte sogar eine genaue Liste der Farben und Malwerkzeuge an.«

»Danke, Tante«, rief Leila. »Das ist eine ganz aufregende Aufgabe für mich. Ich hoffe nur, daß ich Vermeers Mädchen und seiner Schönheit einigermaßen gerecht werde.«

*

Gleich nach dem Luncheon machte sich Leila zusammen mit Nanny auf den Weg zum Museum.

Sie hatte die entsprechende Leinwand dabei, die, wie ihre Tante Edith gesagt hatte, aus dem 17. Jahrhundert stammte.

In einer Ecke des Ateliers hatte sie tatsächlich einen Stoß alter Leinwände gefunden.

Einige davon waren bereits bemalt worden. Doch mit schlechten Bildern, die der Baron wohl noch hatte übermalen wollen.

Sie konnte verstehen, daß die richtige Leinwand bei seinem Hang zur Perfektion eine entscheidende Rolle gespielt hatte.

Das gleiche galt für die Farben, die sie in einem der Schränke fand, zusammen mit einer genauen Liste, die exakte Angaben über Konsistenz, Herstellungsverfahren und Entstehungszeit enthielt.

Unmöglich also, daß sie sich bei der Wahl der Farben vergriff und den verkehrten Aufbau anwandte.

Das Mauritshuis-Museum befand sich, wie Leila es erwartet hatte, in einem staatlichen Gebäude, das einmal der Wohnsitz einer der wichtigsten Persönlichkeiten in der Geschichte der Niederlande gewesen war.

Am Abend zuvor hatte sie ihre Tante gebeten, ihr etwas von Jan Maurits van Nassau, dem Gründer des Museums, zu erzählen.

»Er war einer der großen Helden meines Mannes«, sagte die Baroneß. »Und er war genau wie die Leute auf den Bildern, die mein Mann so gerne kopierte. Ich habe das Gefühl, Jan Maurits ist ein guter Freund, den ich nie verlieren kann.«

Leila lachte.

Ihre Tante hatte dann erzählt, wie Jan Maurits in Brasilien gegen die Spanier kämpfte. Außerdem mußte er ein geradezu unstillbares Verlangen nach allem Neuen und Besonderen gehabt haben.

Dann hatte sie noch hinzugefügt: »Ja, er war eine Mischung aus alter und neuer Welt, aus Tatkraft und Spiritualität, wie man sie nur selten einmal bei einem Mann findet.«

Als Leila zu seinem Porträt hinüberschaute, kam ihr unwillkürlich der Gedanke, daß er der Typ von Mann war, den sie gerne heiraten würde.

Er war furchtlos und unternehmungslustig.

Und er hatte gleichzeitig ein Gefühl für die Dinge, die zur Welt dem übersinnlichen, der Welt jenseits der Welt gehörten, in der er lebte.

Ich glaube nicht, daß es heute noch Männer wie ihn gibt, dachte sie mit einem Gefühl der Traurigkeit.

Doch dann fiel ihr wieder das Bild ein, das sie für die Tante kopieren sollte, und eine ungewohnte Erregung ergriff sie.

In den Uffizien in Florenz hatte sie einmal ein Bild von Botticelli kopiert, und ihr Lehrer war von ihrer Arbeit ganz begeistert gewesen.

Nun war sie entschlossen, sich alle Mühe zu geben und ihrer Tante eine wirkliche Freude zu bereiten.

Wenn das Bild Vermeers »Kopf eines jungen Mädchens« in ihrem Schlafzimmer hängen würde und sie es, so oft sie wollte, betrachten konnte, würde sie vielleicht ein wenig die Schmerzen vergessen können, an denen sie litt.

»Man müßte ihr die Operation unbedingt ermöglichen«, hatte Leila zu Nanny gesagt, nachdem sie der alten Kinderfrau vom Gespräch mit der Baroneß berichtet hatte.

»Das sagen alle im Haus«, erwiderte Nanny. »Sie wären so glücklich, wenn die Baroneß operiert würde. Aber leider kann sie es sich finanziell nicht leisten, denn die Bilder und Möbel gehören laut Testament dem neuen Baron, der im Augenblick noch auf Java lebt.«

»Ja, das ist wahr, Tante Edith sprach davon. Doch ich bin sicher, er würde alles tun, um der Mutter zu helfen, wenn er nur wüßte, wie schlecht es ihr ginge.«

»Dann mußt du dir eben überlegen, was zu tun ist, damit die Operation doch noch möglich werden kann«, sagte Nanny. »In der Küche sind übrigens alle der Meinung, es wäre ein Glück für die Baroneß, daß du hier bist. Deine Gesellschaft würde ihr sichtlich guttun, sagen sie.«

Im Museum angekommen, hatte Leila keine Schwierigkeiten, das Meisterwerk Jan Vermeers auf Anhieb zu finden.

Während sie und Nanny die einzelnen Säle durchquerten, verspürte sie den Wunsch, stehenzubleiben und wenigstens einen flüchtigen Blick auf die anderen Bilder zu werfen.

Doch sie hatte das Gefühl, mit dem Kopieren nicht warten zu dürfen, und so machte sie nicht eher halt, bis sie die Stelle erreicht hatte, wo der Vermeer hing.

Sie war hingerissen beim Anblick des berühmten Gemäldes.

Es war wirklich ein einmaliges Kunstwerk.

Je länger sie es betrachtete, um so mehr begriff sie jetzt, warum der Baron davon derart fasziniert gewesen war.

Es lag etwas Unnachahmliches in der Art, wie das Mädchen, den Mund leicht geöffnet und in den Augen einen Ausdruck unschuldsvoller Neugier, den Betrachter über die Schulter hinweg anschaute.

Leila erkannte die Tiefe des Bildes und die Meisterschaft, mit der die Farben ausgewählt waren.

Unbeschreiblich war auch die Lebensechtheit der Darstellung, und der Blick für die Realität, den, wie Leila wußte, nur wirklich geniale Künstler besaßen.

Auf der anderen Seite war das Bild nicht eigentlich schwer zu kopieren, wie es bei einer komplexer angelegten Szene der Fall gewesen wäre.

Das blau-gelbe Kopftuch, die eine, beinahe durchsichtig erscheinende Perle im Ohr des Mädchens und das schlichte gelbe Kleid würden ihr keine großen Schwierigkeiten bereiten.

Es war mehr eine Frage des Mischens der Farben und des Sichversenkens in die Formen- und Empfindungswelt des Meisters.

Nanny trug den Klappstuhl und die Staffelei, die der alte Baron früher benützt hatte.

Nachdem sie aufgestellt waren, griff Leila zur Palette und begann zu malen.

Sie hatte von England ihren eigenen Farbkasten mitgebracht, doch nun verwendete sie die Farben des Barons.

Zu Hause hatte sie die Farben aus seiner Sammlung ausgesucht, die er mit Hilfe kleiner Etiketten als Farben des siebzehnten Jahrhunderts gekennzeichnet hatte.

Nanny ließ sich an einem Fenster in der Nähe nieder, holte ihre Häkelsachen hervor und begann einen Kopfkissenbezug mit Häkelspitze einzufassen.

Leila dachte, es würde ein hübsches Geschenk für ihre Tante werden, da diese ja kaum noch einmal aufstehen konnte und durch ihre Krankheit ans Bett gefesselt war.

Sie arbeitete etwa zwei Stunden sehr konzentriert.

Dann meinte Nanny, es sei Zeit, den Heimweg anzutreten.

Nanny hatte recht, und Leila ließ sich überreden.

Allerdings fiel es ihr entsetzlich schwer, die Arbeit abzubrechen.

Sie war sehr erregt und innerlich aufgewühlt. Das Malen war fast so etwas wie ein Rausch für sie gewesen, und sie konnte mit dem Ergebnis ihrer Arbeit zufrieden sein.

Sie hatte sich genau nach den Anweisungen ihres Lehrers in Florenz gerichtet und wußte, daß er sehr stolz auf sie gewesen wäre.

Wieder im Haus, begrüßte sie ihre Tante, weigerte sich aber, dieser das noch unfertige Bild zu zeigen. Sehen könne die Baroneß es erst nach Fertigstellung, sonst sei es keine Überraschung mehr für sie.

Ihre Tante erklärte sich einverstanden, Leila lächelte ihr liebevoll zu und begann von früher zu erzählen und von der Zeit, da ihre Mutter noch gelebt hatte.

Die Baroneß hörte ihr versonnen zu und schlief schließlich ein.

Auf Zehenspitzen schlich Leila aus dem Zimmer und ging nach unten in die Bibliothek, wo sie zahlreiche Bücher entdeckte. Sie nahm sich vor, einige davon bald unbedingt zu lesen.

Außerdem stieß sie auf einige Bilder, die nicht nur schön, sondern auch sehr wertvoll waren. Leila hielt sie für die wichtigsten Stücke in der Sammlung ihres Onkels.

Sie hatte von der Tante schon gehört, wie er jeden Penny gespart hatte, den er entbehren konnte, um in den Ländern, die er als Diplomat bereiste, Bilder zu erwerben.

Leila dachte, wie schade es für die Sammlung wäre, wenn sein Sohn Niklas sie auseinanderreißen würde.

Sie mußte unter allen Umständen für den älteren Bruder Jan zusammengehalten werden.

*

Am nächsten Tag arbeitete Leila bis zur Lunchzeit wieder im Mauritshuis-Museum und verbrachte auch den Nachmittag dort.

Sie war so sehr auf ihre Arbeit konzentriert, daß sie zunächst gar nicht bemerkte, wie jemand hinter sie trat und sie aufmerksam beobachtete.

In der Meinung, es wäre einer der vielen Museumsbesucher, arbeitete sie weiter, fühlte sich jedoch irgendwie belästigt.

Dann sagte plötzlich eine Stimme in ihrem Rücken: »Gehe ich recht in der Annahme, daß Sie Jungfer Leila Cavendish sind, die zur Zeit im Haus von Baroneß van Alnradt wohnt?«

Leila wandte sich zu dem Mann um, der sie angesprochen hatte, und stellte fest, daß er klein und dürr war und einen grauen Spitzbart trug.

»Ja, die bin ich«, gab sie zu.

»Dann freue ich mich, Ihre Bekanntschaft zu machen«, sagte er. »Ich bin Jan Nijsted, und ich war mit dem verstorbenen Baron sehr befreundet.«

Leila lächelte, und Mijnheer Nijsted fuhr fort: »Ich bin Kunsthändler und erwarb von ihm einige seiner Bilder. Nicht die Kopien, die er anfertigte, sondern seine Originale.«

»Wie interessant«, erwiderte Leila.

Gleichzeitig wünschte sie, der Fremde würde wieder gehen und ihr erlauben, ihre Arbeit fortzusetzen.

»Wie ich sehe, sind Sie sehr versiert, Miß Cavendish«, lobte sie Mijnheer Nijsted.

Sein Englisch war ausgezeichnet.

»Vielleicht«, antwortete Leila. »Ich habe eine Zeitlang in Florenz studiert, und ich mache diese Kopie für meine Tante.«

»Sie wissen, daß Ihre Tante sehr krank ist«, sagte Mijnheer Nijsted. »Die Ärzte geben ihr keine große Überlebenschance mehr, wenn sie sich nicht bald operieren läßt.«

Überrascht blickte Leila ihn an.

Sie hatte keine Ahnung, daß man über den Gesundheitszustand ihrer Tante allgemein Bescheid wußte.

Dann dachte sie, wenn Mijnheer Nijsted ein Freund des

Hauses wäre, würde er natürlich auch wissen, daß sie bettlägerig war.

Mijnheer Nijsted senkte die Stimme zu einem Flüstern, obwohl niemand in der Nähe war, der hätte mithören können.

»Mir ist auch bekannt, daß sie finanziell nicht in der Lage ist, sich die Dienste des besten Chirurgen von Amsterdam zu leisten, und das, Miß Cavendish, ist der Grund, weshalb ich Sie angesprochen habe. Ich möchte Ihnen nämlich einen Vorschlag unterbreiten.«

Wieder schaute Leila ihn überrascht an, und er fuhr fort: »Weil ich eine so lange Zeit mit dem Baron befreundet war, weiß ich auch, daß er stets befürchtet hat, sein Sohn Niklas, der ein richtiger Tunichtgut ist, könnte einmal die Bilder verkaufen, die er, der Baron, so liebevoll und mit großer Mühe gesammelt hat.«

»Das ist richtig«, gestand Leila, »und tatsächlich habe ich schon überlegt, ob ich nicht dem anderen Stiefsohn meiner Tante, Jan, schreiben sollte, um ihn vom Zustand der Baroneß zu unterrichten.«

»Da es sehr lange dauern würde, bis der Brief ihn in Java erreicht hätte, und für die Rückantwort eine noch längere Zeit anzusetzen wäre, möchte ich Ihnen einen anderen Vorschlag machen, Miß Cavendish«, sagte Mijnheer Nijsted.

Leila war neugierig geworden und fragte sich, wie der Vorschlag des Kunsthändlers wohl aussehen mochte.

Zögernd legte sie Palette und Pinsel aus der Hand und hob lauschend den Kopf.

»Im Augenblick weilt ein Edelmann aus England in Amsterdam, der einige der besten Gemälde der niederländischen Schule erwerben will«, sagte Mijnheer Nijsted.

Leila durchzuckte der Gedanke, er wollte ihr vorschlagen, ihm einige Bilder des Barons zu verkaufen, und ihre Haltung versteifte sich.

Doch Mijnheer Nijsted sagte: »An der Art, wie Sie arbeiten, sehe ich deutlich, wie außerordentlich begabt und fähig Sie sind. Außerdem benutzen Sie die richtige Leinwand und die richtigen Farben. Ich würde Ihre Kopie deshalb gerne dem Engländer anbieten.«

Völlig konsterniert und verblüfft starrte Leila ihn an.

»Aber Sie können mir doch nicht im Ernst vorschlagen ...«

Leila brach ab, es hatte ihr die Sprache verschlagen. Fassungslos blickte sie von ihrer Leinwand zu dem Mädchenkopf empor, der über ihr an der Wand hing.

»Was ich Ihnen vorschlage, Miß Cavendish, ist, daß Ihre Arbeit mit den Farben und der Leinwand aus dem siebzehnten Jahrhundert die Ölskizze ist, die Vermeer für das Porträt anfertigte, vor dem wir beide uns befinden.«

Mijnheer Nijsted hatte völlig ausdruckslos gesprochen, kein Muskel bewegte sich dabei in seinem listigen Gesicht.

Leila rang nach Luft.

Dann stieß sie erzürnt hervor: »Heißt das etwa, daß wir ihn vorsätzlich belügen und täuschen sollen?«

Mijnheer Nijsted machte eine vielsagende Handbewegung, bevor er weitersprach.

»Welche Alternative haben wir, Miß Cavendish? Wollen Sie Ihre Tante sterben lassen? Was Sie für dieses Bild bekommen werden — falls der englische Gentleman es als Ölskizze Vermeers akzeptiert —, würde genügen, um damit sämtliche Operationskosten zu bezahlen, und vielleicht würde es das Leben ihrer Tante sogar um zwanzig Jahre verlängern.«

Leila wandte ihr Gesicht ab.

»Es ist ganz und gar unmöglich«, erklärte sie mit fester Stimme. »Mehr habe ich dazu nicht zu sagen!«

»Das erstaunt mich«, erwiderte Mijnheer Nijsted. »Sollten Sie tatsächlich so wenig für Ihre Tante übrig haben! Dabei weiß ich, daß Ihre Ankunft die Ärmste so glücklich gemacht hat, wo sie sich vorher doch derart niedergedrückt und einsam fühlte.«

Er schwieg einen Moment und fügte dann hinzu: »Ich wünschte, Sie hätten sie sehen können, als der Baron noch lebte. Sie war so schön, so lebhaft und geistreich, und jeder in Den Haag mochte und bewunderte sie.«

Leila versuchte, nicht hinzuhören, als er fortfuhr: »Der Baron erzählte mir immer wieder, welch ein Erfolg sie im Ausland war — zu der Zeit, da er noch im diplomatischen Dienst stand. Damals unterschied sie sich sehr von der unglücklichen Frau, die sie heute ist.«

Leila schwieg.

Schließlich sagte sie: »Meine Tante würde nicht wollen, daß ich ihretwegen einen anderen Menschen anlüge und betrüge.«

»Gewiß, wenn Sie die Baroneß fragen würden, bin ich sicher, daß sie nein sagte«, entgegnete Mijnheer Nijsted. »Was allerdings zur Folge hätte, daß sie in absehbarer Zeit sterben müßte. Mit jedem Tag, an dem die Operation nicht stattfindet, wächst der Krebs, den sie hat, auf immer bedrohlichere Weise.«

Leila verspürte das Bedürfnis, ihn anzuschreien, er möge endlich gehen und sie in Ruhe lassen. Seine Worte hatten eine schreckliche Wirkung auf sie, und am liebsten hätte sie geweint vor Kummer und Sorge um die geliebte Tante.

Dann sagte Mijnheer Nijsted: »Bestimmt heiligt der Zweck die Mittel, wenn es darum geht, einem steinreichen Mann ein wenig Geld abzunehmen, um damit einer wundervollen Frau das Leben zu retten.«

Leila hatte das Gefühl, sie stünde dem Teufel persönlich gegenüber, der sie versuchen wollte.

»Ich kann doch unmöglich etwas Derartiges tun!« rief sie verzweifelt aus.

Sie fürchtete, daß sie auf Mijnheer Nijsteds schändlichen Vorschlag eingehen würde, wenn dieser auch nur noch ein einziges Wort sagen sollte.

KAPITEL VIER

Dank seines hervorragenden Organisationstalents erreichte der Marquis seine Yacht in Greenwich noch vor Mittag des nächsten Tages.

Zuvor hatte er alle für die Reise notwendigen Vorbereitungen getroffen.

Unter anderem schrieb er einige Briefe, die seinen Freunden die Reise plausibel machen sollten. Er teilte ihnen mit, daß er von einer Auktion in Amsterdam gehört habe, die er unbedingt besuchen wolle.

So schrieb er an Willy:

Kürzlich machte mich der König darauf aufmerksam, daß in meiner Sammlung die alten Niederländer nur spärlich vertreten seien. Ein Vorwurf, den ich unter keinen Umständen auf mir sitzen lassen möchte. Schließlich habe ich ja den Ehrgeiz, die umfangreichste private Bildersammlung Englands mein eigen zu nennen.
Du wirst mich also verstehen, daß ich, nachdem ich von der Auktion erfuhr, den Entschluß faßte, unverzüglich nach Holland aufzubrechen . . .

Nachdem er den Brief noch einmal durchgelesen hatte, war er der Meinung gewesen, daß das Geschriebene einigermaßen überzeugend klang.

Am nächsten Morgen sandte er als erstes ein Telegramm nach Amsterdam und trat danach die Fahrt über den Kanal an.

Es war eine Flucht, ein Untertauchen und Sichverstecken, wie er sich selbst eingestand, aber es war das einzige, was er unter den gegebenen Umständen tun konnte.

Seine neue Yacht *Heron* schaffte die Überfahrt in einer neuen Rekordzeit und lief dann in den *Nordzee Kanaal* ein.

Es war der breiteste und tiefste Kanal der Welt, und er besaß die größten und modernsten Schleusen.

Im Jahre 1876 war er eröffnet worden und ermöglichte den Schiffen, ohne zeitraubenden Umweg an der niederländischen Küste entlang, den riesigen Hafen von Amsterdam direkt anzulaufen.

Der *Nordzee Kanaal* war fünfzehn Meilen lang und wurde überall in der Welt als Triumph niederländischer Ingenieurskunst gepriesen.

Die *Heron* durchquerte das Hafenbecken, um auf Befehl des Marquis am Ende des Heerengracht-Kanals anzulegen.

In England nannte man ihn »The Gentleman's Canal«.

Zu beiden Seiten des konzentrisch angelegten Kanals hatten Jahrhunderte zuvor reiche Kaufleute ihre prachtvollen Wohnhäuser errichtet.

Es war schon spät, als die Yacht vor Anker ging, und der Marquis legte sich gleich schlafen.

Am nächsten Morgen saß er gerade im Salon beim Frühstück, als sein Freund Graf Hans Ruysdaal an Bord kam.

Er war ein gutaussehender junger Holländer, im gleichen Alter wie der Marquis und seit Jahren mit ihm befreundet.

»Dein Telegramm hat mich überrascht«, sagte der Graf. »Was nicht heißen soll, daß ich mich über dein Kommen nicht mächtig freue.«

Sie schüttelten einander die Hände, und nachdem der Graf am Tisch Platz genommen hatte, sagte er: »Nun heraus mit der Sprache, was ist der Grund für deinen unerwarteten Besuch?« Er lachte herzlich. »Sag nur nicht, du bist hier, weil du Sehnsucht nach mir hattest!«

»Ich bin hergekommen, um für meine Bildersammlung ein paar alte Niederländer zu erwerben. Seine Majestät bemerkte kürzlich, daß ich recht knapp daran wäre.«

Der Graf blinzelte ihm zu, als er antwortete: »Du wirst mir schon einen besseren Grund für deine plötzliche Hollandbegeisterung geben müssen, alter Junge. So wie ich dich kenne, ist bestimmt eine Frau im Spiel. *Cherchez la femme* würde ich sagen.«

Der Marquis lachte.

»Hör auf, mich auszuhorchen, Hans, und hilf mir mit ein paar guten Bildern nach Haus zurückzukehren, damit ich eine plausible Erklärung für meine Abwesenheit habe.«

»Bei uns in Holland gibt es Bilder in solcher Zahl, daß man Millionen von Sammlungen damit füllen könnte«, erwiderte der Graf. »Aber da dir stets nur das Beste gut genug ist, wirst du sehr vorsichtig sein müssen, um keinem Scharlatan auf den Leim zu gehen. Natürlich werde ich dich mit Händlern bekanntmachen, denen du hundertprozentig vertrauen kannst.«

»Ich war sicher, daß du das tun würdest«, antwortete der Marquis zufrieden.

»Das erste allerdings, was ich wissen möchte, ist, ob du vorhast, bei der Königin im Haag zu wohnen. Du weißt, Ihre Majestät wäre hocherfreut, dich bei sich zu haben.«

»Du hast ihr von meinem Kommen doch nichts gesagt, oder?« fragte der Marquis.

Bei diesen Worten dachte er voller Unbehagen daran, daß er gezwungen wäre, seine Zeit im *Huis ten Bosch* oder Waldhaus zu verbringen, sollte Königin Wilhelmina erfahren, daß er sich in Holland aufhielt.

Das Waldhaus war der Lieblingswohnsitz der Königsfamilie, den Palast in Amsterdam benutzte sie nur zu offiziellen Anlässen.

»Nein, ich habe Ihrer Majestät noch nichts von deinem Kommen erzählt«, sagte Graf Hans. »Ich wollte zunächst einmal wissen, welche Pläne du hast.«

»Meine Pläne, hm ...«, antwortete der Marquis zögernd und schwieg.

Dann fuhr er mit Entschiedenheit in der Stimme fort: »Auf keinen Fall habe ich die Absicht, meine Zeit damit zu verschwenden, unzählige würdevolle Holländer zu treffen, die mich davon abhalten, meinen Besuch bei dir zu genießen.«

Der Graf warf den Kopf in den Nacken und lachte schallend.

»Ich dachte mir schon, daß du das sagen würdest. Und deshalb habe ich nach Erhalt deines Telegramms auch niemandem außer meiner Wirtschafterin etwas von deiner Ankunft erzählt.«

»Ich werde mit Vergnügen dein Gast sein«, erwiderte

der Marquis. »Andernfalls hätte ich hier auf der Yacht geschlafen.«

»Du weißt, daß ich dir mit Freuden meine Gastfreundschaft anbiete«, erklärte Graf Hans, »aber wenn du standesgemäß und gleichzeitig in Amsterdam wohnen möchtest, kann ich dich natürlich auch im *Koninklijk-Paleis* unterbringen.«

Der Marquis wußte, das *Paleis* lag direkt am Dam Plaats, mitten im Zentrum der Stadt.

Es war ursprünglich als Rathaus gebaut worden und sah auch aus wie ein solches.

Und bei seiner Inneneinrichtung hatte eher die Vorstellung von Pomp und Prachtentfaltung Pate gestanden als die von Schönheit.

Gleichzeitig hingen dort Gemälde, die zu besitzen der Marquis sich glücklich geschätzt hätte.

Die Vorstellung in diesem riesigen, prunkvollen Haus wohnen zu müssen, bereitete dem Marquis Unbehagen.

Er hatte schon immer den guten Geschmack der königlichen Familie bewundert.

Den dreihundert Zimmern des *Paleis* hatte sie den intimen und sehr hübschen Palast in den Haag vorgezogen.

»Na gut, du kannst bei mir wohnen«, sagte der Graf. »Doch sollte es dir in meinem Haus zu unbequem sein, möchte ich keinerlei Vorwürfe von dir hören.«

»Du bist einfach zu bescheiden«, erwiderte der Marquis. »Schließlich kenne ich dein Haus, und es ist genau die Art von Junggesellenunterkunft, die ich im Augenblick brauche.«

Der Graf sah ihn fragend an.

»Ich wußte doch, es hatte etwas mit einer Frau zu tun«, sagte er.

»Nicht nur mit einer, mit zweien«, entgegnete der Marquis bitter. »Aber ich will nicht darüber reden.«

»Was nicht ausschließt, daß du mich höllisch neugierig gemacht hast«, gab der Graf zurück. »Das Dumme mit dir ist, daß du so gut aussiehst, so reich und so erfolgreich bist, Carew. Irgendwo muß es da einen Haken geben. Wenn es sich um eine Frau handelt, die dir auf die Nerven gegangen ist, solltest du froh sein. Eine heilsame Erfahrung für dein Ego, würde ich meinen.«

»Laß um Gottes willen mein Ego in Frieden!« verlangte der Marquis. »Bitte, wechseln wir das Thema und reden von Bildern. Ich muß unbedingt einige davon mit nach England nehmen, und falls sie nicht absolute Spitze sind und außerdem nicht noch ein paar richtige ›Schnäppchen‹, wie meine Freunde es zu nennen pflegen, ist unsere Freundschaft gestorben.«

Der Graf lachte nur.

Nachdem der Marquis das Frühstück beendet hatte, wanderten die zwei Freunde am dem von Bäumen gesäumten Ufer des Kanals entlang zu dem reizvollen Haus des Grafen.

In ihm vereinigten sich beide Dinge: Behaglichkeit und Schönheit.

Und obendrein hingen dort Gemälde, um die der Marquis seinen Freund regelrecht beneidete.

Den Punkt auf dem i bildete jedoch die geschwungene Treppe, die von einer kunstvoll gemalten Decke überwölbt wurde — eine Attraktion, mit der die meisten Häuser an diesem Kanal aufwarten konnten.

Viele der Zimmer verfügten über herrliche Stuckdecken und einige Räume über wertvolle Wandtäfelungen.

Der Marquis dachte, daß es wohl nirgendwo auf der

Welt so zahlreiche Häuser gab, die ein solches Flair und eine solch malerische Atmosphäre innen und außen besaßen, wie in dieser Stadt.

Wie bei so vielen alten Gebäuden dieser Art ragte auch hier ein schwerer Kranbalken aus der Giebelwand hervor.

Er erinnerte an die Zeit, in welcher die kostbaren Gewürzwaren aus Sicherheitsgründen in den oberen Stockwerken gelagert wurden, bewacht und beschützt von der Kaufmannsfamilie, die in den unteren Stockwerken wohnte.

Die beiden Freunde tranken ein Glas Wein zusammen, bevor sie im Wagen des Grafen in die Stadt fuhren.

Während sie durch die belebten Straßen rollten, meinte der Graf: »Ich fürchte, Carew, du wirst deinen Aufenthalt in Amsterdam nicht ganz geheimhalten können. Trotz deines Protestes wirst du nicht daran vorbeikommen, zumindest Ihrer Majestät deine Aufwartung zu machen. Schließlich schätzte sie deinen Vater sehr und weilte mehrere Tage auf Kyne.«

»Natürlich werde ich sie besuchen«, erklärte sich der Marquis einverstanden. »Und wenn ich ehrlich bin, freue ich mich sogar auf das Wiedersehen mit Königin Wilhelmina. Auf der anderen Seite mußt du ihr in aller Deutlichkeit zu verstehen geben, daß ich geschäftlich hier bin und nicht zu meinem Vergnügen. Deshalb muß ich auch in Amsterdam wohnen und nicht in Den Haag.«

»Ich tue, was ich kann«, versprach der Graf, »und ich werde auch versuchen, dich mit ein paar charmanten und attraktiven Frauen zu versorgen, die du bestimmt reizvoller finden wirst als alles, was du auf der Leinwand zu sehen bekommst.«

Der Marquis war drauf und dran zu sagen, das einzige, womit er im Moment nicht das geringste zu tun haben möchte, seien Frauen, und er könne keine einzige mehr von ihnen sehen.

Aber dann sagte er sich, daß er sich damit nur verraten würde, vor allem einem alten Freund wie Hans gegenüber.

Er hatte es sich nämlich zur Regel gemacht, nicht über seine Liebesaffären zu reden — mit niemandem. Und er verachtete jeden Mann, der dies tat.

So schwieg er zum Angebot des Freundes, nahm sich aber im stillen vor, jeder Frau die kalte Schulter zu zeigen, die Hans für ihn anschleppen würde, und sich unter gar keinen Umständen mit ihr einzulassen.

Er hatte eine Lektion gelernt, die ihm für Jahre reichen würde — wenn nicht sogar bis ans Lebensende.

*

In Den Haag kämpfte Leila einen furchtbaren Kampf mit ihrem Gewissen.

Verzweifelt versuchte sie, eine Entschuldigung dafür zu finden, daß sie nicht bereit ist, in den nach ihrer Ansicht schändlichen Vorschlag von Mijnheer Nijsted einzuwilligen.

Bevor sie an diesem Nachmittag die Baroneß aufsuchte, hatte sie ihm versprochen, über seinen Vorschlag nachzudenken und ihm ihren Entschluß am nächsten Morgen mitzuteilen.

Auf dem Heimweg sagte Nanny: »Was wollte der Gentleman von Ihnen, Miß Leila?«

»Er war ein Freund des alten Barons«, erwiderte Leila.

Mehr sagte sie nicht, und eine Zeitlang gingen sie

schweigend nebeneinander her. Bis Nanny einen zweiten Versuch machte und meinte: »Er hat ja richtig auf Sie eingeredet. Sie sollten vorsichtig sein, wenn Sie mit fremden Männern sprechen, die Ihnen nicht vorgestellt wurden.«

»Er wußte ganz genau über Tante Ediths Krankheit Bescheid«, antwortete Leila, »und ich fürchte sie ist schlimmer dran, als ich glaubte.«

»Das sagen sie in der Küche auch«, stimmte Nanny ihr zu. »Ich wäre nicht erstaunt, wenn sie ganz plötzlich sterben würde, weil ihr einfach nicht früh genug geholfen wurde.«

Als Leila in ihrem Zimmer war, fragte sie ihre Mutter, was sie tun solle.

»Es ist falsch und gemein, einen anderen zu täuschen«, murmelte sie, »und wenn es herauskommt, daß ich einen Engländer bewußt und vorsätzlich betrogen habe, könnte man mich dafür ins Gefängnis bringen.«

Sie bedeckte das Gesicht mit beiden Händen und fuhr fort: »Hilf mir, Mama! Sag mir, was ich tun soll! Sag mir, ob ich es auf mein Gewissen nehmen kann, Tante Edith die Operation zu ermöglichen, obwohl das, was ich tue, um das Geld dafür zu beschaffen, falsch ist?«

In dieser Nacht fand sie keinen Schlaf, unruhig wälzte sie sich im Bett hin und her, bis der Morgen kam.

Dann ging sie hinauf ins Atelier des Barons und suchte sich eine neue Leinwand heraus, die genau dasselbe Format wie die hatte, an der sie schon arbeitete.

Nanny wollte wissen, wozu sie die zweite Leinwand brauche, aber Leila gab ihr nur eine ausweichende Antwort.

Im Museum angelangt, suchte Nanny ihren gewohnten

Platz am Fenster auf und begann sogleich mit ihrer Häkelarbeit.

Leila lehnte die unfertige Kopie gegen die Wand und stellte die neue Leinwand auf die Staffelei.

Dann begann sie, den Kopf des Mädchens ein zweitesmal zu kopieren.

Sie hatte etwa eine halbe Stunde gearbeitet, als Mijnheer Nijsted erschien.

Er näherte sich ihr, und obwohl sie wußte, daß er hinter ihr stand, sagte sie kein Wort zu ihm.

Er betrachtete das unfertige Bild auf dem Fußboden, dann den Vermeer darüber. Schließlich sagte er: »Hervorragend, ganz hervorragend, Miß Cavendish! Sie sind eine außerordentliche Begabung.«

»Nehmen Sie das Bild — nehmen Sie es!« sagte Leila beinahe heftig. »Ich will es nicht mehr sehen — und ich will auch nicht wissen, was Sie alles sagen werden, wenn Sie es verkaufen. Es ist falsch! Ich weiß, was Sie tun, ist falsch, aber wenn es meiner Tante das Leben retten kann, wird Gott mir vielleicht verzeihen.«

»Das wird er bestimmt!« versicherte Mijnheer Nijsted. »Aber nicht ich werde dem Marquis von Kyneston Ihre Arbeit zeigen, sondern Sie.«

Leila ließ Palette und Pinsel sinken und starrte Mijnheer Nijsted fassungslos an.

»Ich . . . ich soll das tun?« stammelte sie nach einem Augenblick des Schweigens. »Erwarten Sie im Ernst von mir, daß ich es ihm bringe?«

»Natürlich«, erklärte Mijnheer Nijsted. »Ich kann ihm doch nicht Ihre Geschichte erzählen.«

»Ich verstehe nicht.«

»Es ist ganz einfach«, sagte er. »Sie sind zu Ihrer Tante

auf Besuch gekommen und mußten entsetzt feststellen, daß sie sehr krank ist, aber nicht über die Geldmittel verfügt, um sich die Operation leisten zu können, die nach dem Urteil ihrer Ärzte unumgänglich ist, wenn sie noch eine Überlebenschance haben will.«

Leila murmelte etwas Unverständliches, erwiderte jedoch nichts auf die Worte des Kunsthändlers, und dieser fuhr fort: »Sie durchsuchten also das Haus nach etwas, das Sie verkaufen könnten, um die Kosten der Operation zu bestreiten, und fanden dieses Bild. Baron Jan van Alnradt, der auf Java lebt und die Sammlung von seinem Vater erbte, zu konsultieren, dazu sei nicht mehr die Zeit, da die Operation keinen Aufschub dulde. Um das Leben der Tante zu retten, müsse nämlich unverzüglich gehandelt werden.«

Um die Spannung noch mehr zu steigern, machte Mijnheer Nijsted eine Pause, bevor er fortfuhr: »Dann — Ihnen erschien es fast wie ein Wink des Himmels — fanden Sie im Atelier des Barons dieses Bild, von dem Sie annehmen, oder genauer gesagt, so gut wie überzeugt sind, daß es sich um eine Ölskizze handelt, die Vermeer der Ältere zu seinem Gemälde ›Kopf eines Mädchens‹ anfertigte, das jetzt im Mauritshuis-Museum hängt.«

Mijnheer Nijsted senkte die Stimme, als er hinzufügte: »Sie haben natürlich niemandem etwas von der Entdeckung gesagt, weil sie befürchten mußten, daß Niklas van Alnradt, der bekannt dafür ist, jedes Bild zu Geld zu machen, dessen er habhaft werden kann, etwas davon erfahren könnte.«

Wieder machte er eine Pause und sah Leila forschend an. Es war, als wollte er sichergehen, daß seine Worte ihre Wirkung auf das Mädchen nicht verfehlten.

»Statt dessen hätten Sie die Ölskizze ihm, dem Marquis von Kyneston, gebracht«, sprach Mijnheer Nijsted weiter. »Es sei Ihnen nämlich zu Ohren gekommen, daß er sich für alte Niederländer interessierte und aus diesem Grund nach Amsterdam gekommen wäre. Sie hätten Vertrauen zu ihm, da er ein Landsmann von Ihnen sei, während Sie von den holländischen Kunsthändlern gehört hätten, daß man vor ihnen höllisch auf der Hut sein müßte.«

Als Mijnheer Nijsted verstummte, umspielte ein fast triumphierendes Lächeln seine Lippen. Er schien selbst von der Überzeugungskraft seiner Geschichte beeindruckt zu sein.

Auch Leila hatte dem Kunsthändler gespannt zugehört.

Wie sie zugeben mußte, war es eine äußerst raffinierte Geschichte, denn sie enthielt so viel Wahrheit, daß sie durchaus plausibel klang.

Doch dann überkam sie die Angst, und sie sagte hastig: »Ich . . . ich kann nicht!«

Mijnheer Nijsted warf die Hände in die Luft — eine Geste, die mehr sagte als Worte.

Doch da er nicht antwortete, fragte sie nach einem Augenblick mit kläglicher Stimme: »Wie könnte ich! Wie könnte ich so etwas tun! Was ist, wenn der Marquis meinen Betrug bemerkt! Ich könnte als Fälscherin vor Gericht gestellt und bestraft werden!«

»Nicht wenn Sie bei der Geschichte bleiben, wie ich Sie erzählt habe«, sagte Mijnheer Nijsted langsam, als spräche er zu einem Kind. »Sie haben diese Skizze im Atelier des Barons gefunden. Sie haben keine Ahnung, wer sie gemalt hat, aber Sie wissen, daß der Baron mit Des

Tombe befreundet war, der den Vermeer dem Mauritshuis-Museum schenkte.«

Es klang überzeugend, als Mijnheer Nijsted fortfuhr: »Was liegt näher als die Annahme, daß er mit dem Gemälde auch die Ölskizze kaufte, die Vermeer vorher anfertigte! Schließlich haben viele große Künstler es so gehandhabt, daß sie einen Entwurf machten, bevor sie mit dem eigentlichen Werk begannen.«

Leila wußte, daß er recht hatte, und Mijnheer Nijsted sprach weiter: »Und die Ölskizze hat Des Tombe eben behalten — zur Erinnerung an das Meisterwerk, das er weggegeben hatte, oder einfach, weil er sie nicht für so bedeutsam hielt.«

Leila mußte zugeben, daß es eine recht einleuchtende Erklärung war. Jeder, der keinen Grund zur Skepsis hatte, mußte sie akzeptieren.

Als könnte er ihre Gedanken lesen, sagte er jetzt: »Wer würde schon auf die Idee kommen, daß ein Mädchen, das so jung ist wie Sie und von dessen künstlerischen Fähigkeiten niemand etwas weiß, imstande ist, Vermeers Werk so geschickt zu kopieren! Und dies auch noch mit den authentischen Farben und auf einer Leinwand aus der Zeit, in der der Künstler lebte!«

»Das wäre tatsächlich ein sonderbarer Zufall«, gab Leila zu, und die Worte schienen ihr regelrecht aus dem Mund hervorzusprudeln.

»So sonderbar, daß kein Mensch auf die Idee käme, die Geschichte auch nur einen Moment anzuzweifeln«, sagte Mijnheer Nijsted. »Also, Miß Cavendish, fassen Sie sich ein Herz, und denken Sie nur noch an Ihre Tante und daran, daß Sie es sind, die ihr das Leben retten können!«

»Wenn . . . wenn ich mich wirklich zu diesem — Betrug hergeben sollte«, begann Leila zögernd, »muß ich doch auch einen Preis vom Marquis verlangen. Wie kann ich das anstellen, und wie hoch soll der Betrag sein?«

»Das ist etwas, worüber Sie sich nicht den Kopf zu zerbrechen brauchen«, erwiderte Mijnheer Nijsted. »Wenn der Marquis Sie fragt, was die Skizze wert ist und was Sie dafür verlangen, sagen Sie ihm die Wahrheit: nämlich, daß sie keine Ahnung haben.«

Leila blickte ihn aus großen Augen an.

»Sie werden ihm lediglich erklären, daß Sie mit Ihrer Tante natürlich nicht über den Fund gesprochen hätten, jedoch zu dem Entschluß gekommen wären, mit Jan Nijsted in Verbindung zu treten, mit dem der verstorbene Baron geschäftlich viel zu tun gehabt hätte und gleichzeitig auch befreundet gewesen wäre.«

»Sicher wird der Marquis mich fragen, weshalb ich das nicht längst getan hätte«, sagte Leila scharf.

»Sollte er das tun, schauen Sie ihn schüchtern an und sagen ihm, da Sie Holland nicht kennen würden und eben erst hier angekommen wären, hätten Sie es für klüger gehalten, sich einem Landsmann anzuvertrauen als einem Holländer, dem Sie noch nie begegnet seien.«

»Wie ich sehe, haben Sie sich die Sache genauestens überlegt«, sagte Leila. »Aber ich habe Angst — Angst, etwas zu tun, von dem ich weiß, daß es falsch ist.«

»Aber da Sie heute morgen hergekommen sind, das Bild mitgebracht haben, das fast fertiggestellt ist, und mit einer neuen Kopie begonnen haben, weiß ich, daß Sie entschlossen sind, das Leben Ihrer Tante zu retten — selbst wenn Sie gegen Ihr Gewissen handeln müßten.«

Mijnheer Nijsted sprach sehr sanft und ruhig, und schaute Leila nun aufmunternd an.

»Na gut«, sagte Leila. »Doch wenn ich es bin, die den Marquis aufsucht, in welcher Form soll das vor sich gehen?«

»Punkt eins wird ein Wagen auf Sie warten«, antwortete Mijnheer Nijsted. »Ich schlage vor, Sie nehmen ein frühes Luncheon ein, und dann fahren Sie mit der alten Frau, die bei Ihnen ist, nach Amsterdam. Allerdings dürfen Sie ihr auf keinen Fall erzählen, was Sie vorhaben.«

»Aber Sie wird mich bestimmt danach fragen.«

»Sie können ihr sagen, ich hätte Sie mit einem Paket zum Marquis geschickt, weil Sie wie er aus England sind, hätte Ihnen aber auf die Seele gebunden, über dessen Inhalt mit niemandem zu reden.«

Leila seufzte.

Noch mehr Lügen also — und noch mehr Täuschungen! dachte sie.

Dabei war sie sich darüber im klaren, daß es sehr schwierig sein würde, Nanny hinters Licht zu führen.

»So, und jetzt tun Sie, was ich Ihnen gesagt habe«, verlangte Mijnheer Nijsted mit Autorität in der Stimme. »Sobald ich Ihnen dann das Geld für die Operation Ihrer Tante gebracht habe, können Sie sich mit den Ärzten in Verbindung setzen und mit ihnen den Zeitpunkt für den Eingriff festlegen. Danach vergessen Sie das Ganze in dem Bewußtsein, das einzig Richtige getan zu haben.«

»Na hoffentlich«, erwiderte Leila kläglich.

Ohne ein weiteres Wort verließ Mijnheer Nijsted sie.

Leila setzte die Arbeit an dem Bild fort, doch es fiel ihr schwer, sich auf etwas anderes zu konzentrieren als auf den Schicksalsgang, der vor ihr lag.

Es war halb elf, als sie Nanny vorschlug, nach Hause zu gehen.

»Warum so früh?« wollte die alte Kinderfrau wissen.

»Wir werden nach dem Luncheon nach Amsterdam fahren«, gab ihr Leila zur Antwort.

»Hat das etwas mit dem Gentleman zu tun, mit dem Sie eben gesprochen haben?«

»Ja, Nanny, er bat mich, dem Marquis von Kyneston, der offenbar gerade in Amsterdam angekommen ist, ein Paket zu überbringen. Er stellt mir dazu seine Kutsche zur Verfügung.«

»Dem Marquis von Kyneston!« rief Nanny. »Also, ich würde doch gerne wissen, was Sie mit dem zu tun haben!«

»Kennst du ihn?« fragte Leila.

»Gut genug, um zu wissen, daß Sie ihn ohne entsprechende Begleitung nicht aufsuchen sollten, wenn Ihnen daran liegt, so zu handeln, wie Ihre Mutter es von Ihnen gewünscht hätte.«

»Ich soll ihm doch nur ein Paket von Mijnheer Nijsted bringen.« Leila versuchte möglichst harmlos zu klingen.

»Ich würde sagen, Mijnheer Nijsted ist gesund und stark genug, sein Paket selbst zu tragen«, bemerkte Nanny unwillig.

»Es ist ja nur, weil der Marquis ein Landsmann ist«, sagte Leila.

»Well, die Geschichte kommt mir dennoch recht seltsam vor.« Nanny blieb hartnäckig. »Und ich bin sicher, Ihre Tante würde es aufs höchste mißbilligen, wenn Sie wüßte, Sie sind mit einer Kutsche unterwegs, um sich mit einem Mann zu treffen, den Sie überhaupt nicht kennen und von dem Sie lediglich wissen, daß er Engländer ist.«

»Oh, bitte, Nanny, du darfst Tante Edith nichts davon sagen«, bat Leila. »Es würde sie nur aufregen, und ich glaubte, du würdest dich genauso wie ich über die Gelegenheit freuen, einmal in die Stadt zu kommen. Sonst geht das doch so schlecht, weil Tante Edith so krank ist.«

»Ich sprach gestern abend mit ihrem Kutscher«, sagte Nanny.

»Er meinte, die Baroneß besitze einen hübschen kleinen Wagen und ein Pferd, das zwar schon älter, aber immer noch stark genug sei, um den Wagen zu ziehen. Ich denke, damit könnten wir schon einmal eine Fahrt durch Amsterdam machen. Das heißt, sobald Sie nicht mehr malen, als hinge Ihr Leben davon ab.«

»Das halte ich für eine sehr gute Idee«, antwortete Leila. »Aber nun habe ich Mijnheer Nijsted einmal versprochen, für ihn nach Amsterdam zu fahren, und du wirst natürlich mitkommen, nicht wahr?«

»Das will ich meinen«, sagte Nanny. »Ihre Mutter würde mir etwas anderes erzählen, wenn ich Sie alleine in der Stadt herumgondeln ließe. Und ich bin sicher, auch dem Marquis würde das recht sonderbar vorkommen.«

»Dann brechen wir um eins auf«, sagte Leila.

Obwohl Nanny einige unverständliche Worte murmelte, hatte Leila das Gefühl, daß die alte Kinderfrau sich genauso auf Amsterdam freute wie sie selbst.

Leila zog eins ihrer schönsten Kleider an, die sie aus Florenz mitgebracht hatte, und einen Hut, der ihren Kopf beinahe wie ein Heiligenschein umgab.

Alleine in ihrem Schlafzimmer, schlug sie die Kopie

sorgfältig in eine Decke ein und trug das Bild nach unten, noch bevor Nanny erschien, um sie abzuholen.

Sie hoffte, das Paket würde Nannys Aufmerksamkeit entgehen.

Doch als Nannys Blick dann auf den Kutschensitz ihnen gegenüber fiel, auf dem es lag, sagte die alte Frau voller Argwohn: »Das Paket, das Sie dem Marquis überbringen sollen, scheint genau die gleiche Größe zu haben wie das Bild, an dem Sie im Museum gemalt haben.«

»O Nanny, du solltest nicht so viele Fragen stellen!« rief Leila verzweifelt, »ich habe Mijnheer Nijsted versprochen, mit niemandem über das zu reden, was der Marquis sich ansehen soll, und ich kann mein Wort doch nicht brechen!«

Nanny rümpfte die Nase. Offensichtlich war sie tödlich beleidigt, weil Leila sie an ihrem Geheimnis nicht teilhaben ließ.

Schweigend saßen sie nebeneinander und fuhren etwa eine Meile.

Leila war begeistert von den Windmühlen, die an ihnen vorüberzogen. Es ging an einem Kanal entlang, der von hohen Weiden gesäumt wurde. Sie schienen dem Land, das so flach war, daß man glaubte, es würde sich hinter dem Horizont einfach in nichts auflösen, etwas von seiner Eintönigkeit zu nehmen.

Dann schließlich hatten sie Amsterdam erreicht.

Und hier gab es nun die herrlichen Häuser, von denen Leila schon so viel gelesen hatte.

Entzückend fand sie auch die romantischen Brücken, die sie daran erinnerten, daß die gesamte Stadt auf Pfählen erbaut war.

Sie bewunderte die hohen Türme der vielen Kirchen,

die immer wieder einmal sichtbar wurden, während sie mit dem Wagen durch die engen, belebten Straßen rollten.

Leila dachte, wie erregt sie jetzt sein würde, wenn da nicht dieser harte Klumpen Furcht in ihrer Brust gewesen wäre.

Sie war sicher, Mijnheer Nijsted hatte mit dem Marquis einen Zeitpunkt für ihren Besuch bei ihm verabredet.

Während der Kutscher die schmale Fahrbahn entlangfuhr, die an der einen Seite von einem Kanal begrenzt wurde, fühlte sie, wie ihre Angst derart wuchs, daß sie kaum noch zu atmen vermochte.

Jedes Haus hier erschien ihr noch interessanter und malerischer als das vorige.

Vor einem, das ganz besonders schön war, hielt die Kutsche an.

Nun konnte Leila nur noch daran denken, daß sie in wenigen Minuten würde lügen müssen und das so überzeugend wie sie nur konnte.

Als sie sich vorbeugte, um die Kopie an sich zu nehmen, wußte sie, daß ihre Hände zitterten.

Der Fahrer kletterte vom Kutschbock und läutete die Hausglocke.

Als die Tür geöffnet wurde, ging er zurück, half Leila beim Aussteigen und geleitete sie die Freitreppe hinauf.

Nanny folgte ihnen.

Sie betraten eine wundervoll getäfelte Halle mit einer geschwungenen Holztreppe, die in den ersten Stock führte.

Leila und Nanny warteten, bis ein Diener in einer, wie es ihnen vorkam, sonderbaren Livree sagte: »Wenn Sie Jungfer Cavendish sind, Seine Lordschaft erwartet sie.«

»Ich bleibe hier in der Halle«, entschied Nanny.

Sie ließ sich in einem Holzsessel nieder, der die Wappen des Grafen trug.

Leila folgte dem Diener mit klopfendem Herzen nach oben.

Er stieß eine Tür auf und ließ sie in einen Raum eintreten, durch dessen drei hohe Fenster die Sonne flutete.

An der gegenüberliegenden Wand stand vor einem kunstvoll behauenen mittelalterlichen Kamin ein hochgewachsener, imposant aussehender Mann, von dem sie annahm, daß es der Marquis war.

Sekundenlang hatte sie das Gefühl, es wäre ihr unmöglich, sich zu bewegen und auf ihn zuzugehen.

Ihre Füße schienen regelrecht am Boden festgewachsen zu sein.

Dann nahm sie ihr ganze Willenskraft zusammen und zwang sich ein paar Schritte vorwärts zu tun. Und als sie den Marquis erreicht hatte, machte sie einen kleinen Knicks.

Der Ausdruck des Erstaunens auf seinem Gesicht war unübersehbar, als er fragte: »Sind Sie Miß Cavendish, die ich erwarte?«

»J ... ja, Mylord.«

Das Sprechen machte ihr Mühe, und als spürte er ihre Befangenheit, sagte er: »Irgendwie habe ich Sie mir älter vorgestellt, und ich habe wohl auch geglaubt, Sie sähen aus wie eine Holländerin.«

In seiner Stimme lag der Anflug von Amüsiertheit, und Leila brachte ein schwaches Lächeln zustande.

»Ich bin Engländerin, Mylord.«

»Mir wurde gesagt, daß Sie mich dringend zu sprechen wünschten, Miß Cavendish, und da mir die Botschaft durch einen der Diener von Graf Hans van Ruysdaal überbracht wurde, war sie nicht besonders klar.«

»Ich bat Sie um eine Unterredung — aus einem bestimmten Grund«, entgegnete Leila.

Sie war entsetzlich aufgeregt und verwirrt.

Wie sie es sich gedacht hatte, hatte niemand dem Marquis etwas davon gesagt, daß sie ihm ein Bild überbrachte.

Dann jedoch fiel ihr ein, daß Mijnheer Nijsted ihr erklärt hatte, daß der Zweck ihres Besuches geheim bleiben sollte. Deshalb konnte der Marquis ihn auch nicht kennen.

Sie war es, die ihn davon in Kenntnis setzen mußte.

Nun sagte er: »Bitte, nehmen Sie doch Platz, Miß Cavendish, und erklären Sie mir, was das Ganze auf sich hat. Sind Sie nach Amsterdam verschlagen worden und sitzen jetzt hier mittellos fest, oder wurden Sie von einem holländischen Piraten geraubt, der Sie nur gegen ein hohes Lösegeld freilassen will?«

Seine Absicht war es offensichtlich, Leila ihre Befangenheit zu nehmen, gleichzeitig aber hatte ihn ihre Erscheinung in der Tat in Erstaunen versetzt.

Als man ihm gemeldet hatte, eine Engländerin wünsche ihn dringend zu sprechen, war er davon ausgegangen, daß es sich um den üblichen Ärger handelte.

Jemand saß in einem fremden Land fest und wußte nicht, wie er nach Haus kommen sollte.

Oder die andere Möglichkeit, die er in seiner scherzhaften Bemerkung hatte anklingen lassen: ein Frau hatte sich mit Männern eingelassen und wußte nicht, wie sie aus der Sache wieder herauskam.

Doch er mußte feststellen, daß Leila elegant gekleidet

war, und aus diesem Grund konnte sie unmöglich mittellos sein.

Andererseits vermochte er sich nicht vorzustellen, daß jemand so unglaublich schön war und zugleich derart verängstigt.

Irgend etwas stimmte hier nicht, das stand für den Marquis zweifellos fest.

Während sie auf seine Einladung hin auf dem Sofa Platz nahm, ging ihm der Gedanke durch den Kopf, daß ihm lange keine Frau — gleich welchen Alters — begegnet war, die eine solche Schönheit besaß.

Als Kunstkenner traute er sich durchaus ein Urteil über Frauen zu, auch wenn er sie verachtete. Und auf den ersten Blick sah er, daß Leila eine Lady war.

Nur eine ausgezeichnete Bildung und eine adelige Herkunft konnten derart vollkommene Züge, derart feingliedrige Finger und eine derart edle Haltung hervorbringen.

Aus diesem Grund fragte er sich voller Neugier, was sie zu ihm führte, und da sie fast nicht imstande war zu sprechen, sagte er sehr sanft: »Nun, was kann ich für Sie tun?«

»Ich habe Ihnen ein Bild mitgebracht, Mylord.«

»Ein Bild?«

Dies war etwas, womit der Marquis in keinem Fall gerechnet hatte.

Doch nun bemerkte er zum erstenmal, daß sie eine Art Paket unter dem rechten Arm trug.

Vorher war er vom Anblick ihres Gesichtes zu sehr fasziniert gewesen.

Sie hielt ihm das Paket hin, und der Marquis sagte: »Ich nehme an, Sie haben bereits davon gehört, daß ich nach Amsterdam gekommen bin, um Bilder zu kaufen.«

»Ja, Mylord, man hat es mir gesagt«, erklärte Leila. »Deshalb bringe ich Ihnen ein Bild, von dem ich glaube, daß es Sie interessieren könnte.«

»Das ist sehr freundlich von Ihnen«, sagte der Marquis, »aber ich hoffe, Sie werden nicht zu sehr enttäuscht sein, wenn sich herausstellen sollte, daß es sich um eine Darstellung oder Stilrichtung handelt, die nicht auf meiner Linie liegen.«

Leila holte tief Luft, wandte den Blick zur Seite und sagte: »Es ist etwas Ungewöhnliches, was ich Ihnen zeigen möchte, und ich glaube, nur Sie können mir helfen.«

Der Marquis hob die Brauen.

»Falls es sich um eine rein künstlerische Frage handelt«, sagte er, »würde ich meinen, daß beinahe jeder zweite hier in Holland Ihnen zu diesem Thema einen Rat geben könnte.«

Leila verschränkte die Finger ineinander.

»Ich bin — hier, weil Sie ... weil Sie Engländer sind, Mylord.«

Der Marquis hatte ihr das Paket aus der Hand genommen, das Bild jedoch noch nicht ausgepackt.

Statt dessen fragte er: »Was wollen Sie damit sagen?«

»Ich will damit sagen, daß ich Ihnen vertraue«, erwiderte Leila.

Der Marquis schaute sie fragend an, bevor er gestand: »Offengestanden, verstehe ich das, was Sie sagen, immer noch nicht ganz.«

Leila war sich darüber im klaren, daß sie die Geschichte nicht ganz so erzählte, wie sie es sollte, fuhr jedoch fort:

»Meine Tante ist die Baroneß van Alnradt, und ihr verstorbener Gatte war ein Freund von Des Tombe.«

Sie machte eine Pause, weil sie dachte, dem Marquis wäre der Name bekannt, doch dieser sah sie nur verständnislos an.

»Des Tombe, der jüngst verstarb, war der Gentleman, der dem Mauritshuis-Museum Vermeers ›Kopf eines Mädchens‹ hinterließ«, bemerkte Leila hastig.

»Ich habe von diesem Bild gehört«, erwiderte der Marquis, »und natürlich werde ich es mir unbedingt ansehen, bevor ich zurückfahre.«

»Ich wohne bei meiner Tante«, sprach Leila weiter. »Sie ist sehr krank, und sie müßte sich dringend einer sehr kostspieligen Operation unterziehen.«

In die Augen des Marquis trat ein Ausdruck, der erkennen ließ, daß er langsam zu begreifen begann, was sie beabsichtigte.

Doch er schwieg, und Leila fuhr fort.

»Ich habe das Haus durchforscht auf der Suche nach etwas, das man verkaufen könnte, und fand in einem der Zimmer des verstorbenen Barons ein Bild, das eine Ölskizze des Vermeer-Gemäldes zu sein scheint.«

»Und das haben Sie mitgebracht, um es mir zu zeigen«, versetzte der Marquis.

Leila hatte sehr stockend und mit solcher Scheu in der Stimme gesprochen, daß es schwierig für ihn gewesen war, dem, was sie sagte, zu folgen.

Nun erklärte er ihre Verlegenheit mit dem Wunsch, er möchte das Bild kaufen, und mit der Furcht, eine Geldsumme von ihm zu verlangen.

Er löste die Kordel, mit der sie das Paket verschnürt hatte, schlug die Decke auf und nahm das Bild in die Hände.

Als er es anschaute, war er fasziniert von der Schönheit der Darstellung und der Art, wie es gemalt war.

Das Gesicht des Mädchens, das über seine Schulter hinweg den Betrachter anschaute, und der fragende Ausdruck in den braunen Augen, machten es zu einem der anziehendsten Darstellungen, die er jemals gesehen hatte.

Die Arbeit war nicht vollständig ausgeführt.

Dennoch ließ sich nicht übersehen, wie gekonnt Vermeer den Gegenstand arrangiert hatte.

Die Lichter auf dem Gesicht des Mädchens vor dem dunklen Hintergrund, das Blau des Bandes, das seine Stirn bedeckte und sich wirkungsvoll gegen die helle Haut absetzte, und vor allem die Wirklichkeitsnähe, mit der das Bild gemalt war, gaben dem Marquis das Gefühl, als spräche es gleichsam zu ihm.

Lange Zeit betrachtete er es, dann fragte er Leila: »Wer hat das Bild sonst noch gesehen?«

»Niemand.«

»Sie haben es nicht Ihrer Tante gezeigt?«

»Nein. Sie ist sehr krank, und wenn es sich nicht wirklich um eine Skizze handelt, die Vermeer anfertigte, bevor er mit der Arbeit an seinem großen Bild begann, möchte ich ihr keine Hoffnungen machen.«

»Das kann ich verstehen«, erwiderte der Marquis, »gleichzeitig jedoch kommt es mir unglaublich vor, daß man von einem solchen Entwurf noch nie zuvor etwas gehört haben sollte.«

»Ich nehme an«, sagte Leila zögernd, während sie sich fieberhaft an die Worte Mijnheer Nijsteds zu erinnern versuchte, »der Baron hat den Entwurf zurückgehalten, bis sein Freund Des Tombe gestorben war und das Mauritshuis Vermeers fertiges Bildnis erhalten hatte.«

»Ja, das könnte eine Erklärung sein«, gab der Marquis zu. »Dennoch ist mir immer noch nicht ganz verständlich, daß — wie Sie sagen — niemand eine Ahnung von seiner Existenz hat.«

Leila machte eine zaghafte Handbewegung.

»Jedenfalls nicht, soweit mir bekannt ist«, gab sie zur Antwort. »Allerdings bin ich erst seit wenigen Tagen in Holland und im Haus meiner Tante.«

»Na schön.« Der Marquis nickte. »Und was verlangen Sie für die Skizze?«

»Ich habe keine Vorstellung von ihrem Wert«, antwortete Leila. »Aus diesem Grund bin ich ja auch zu Ihnen gekommen. Ich fürchtete nämlich, wenn ich damit zu einem holländischen Kunsthändler gehen würde, könnte er denken, er brauchte mir nicht den reellen Preis zu zahlen, weil ich noch so jung bin.«

Sie machte eine Pause.

Dann sagte sie, ohne den Marquis anzuschauen, weil sie nicht wollte, daß er ihre Unsicherheit bemerkte: »Ich dachte, wenn Sie mit Mijnheer Nijsted sprechen würden . . .«

Sie verstummte, und nach einer Pause brachte sie stockend hervor: »Mijnheer Nijsted ist — wie ich das verstanden habe — der Kunsthändler, der dem Baron ein Reihe von Bildern abkaufte, und er würde es bestimmt nicht wagen, Sie oder meine Tante zu betrügen, wie er es bei mir vielleicht versucht haben würde.«

»Nijsted?« fragte der Marquis. »Ich bin sicher, das ist der Name eines der Händler, die mir empfohlen wurden. Wenn er überdies auch noch ein Freund des Barons war, dürfte das die Dinge für uns beide natürlich noch weiter vereinfachen.«

»Soll das heißen, daß Sie die Skizze kaufen wollen?«

»Natürlich will ich das«, erklärte der Marquis, »wenn es sich damit so verhält, wie Sie es mir dargelegt haben.«

»Ich habe gewußt, Sie würden das sagen«, murmelte Leila.

»Weil ich Engländer bin?«

»Weil Sie ein Gentleman sind«, entgegnete Leila, ohne nachzudenken.

Der Marquis lachte.

»Das ist eine sehr entwaffnende Feststellung, und selbstverständlich werde ich als echter Gentleman nicht versuchen, Sie zu betrügen.«

Leila errötete, was sie noch schöner aussehen ließ.

»Ich bin überzeugt, daß sie etwas Derartiges nie tun würden, Mylord.« Sie schwieg verlegen und setzte dann leise hinzu: »Ich glaube, dann kann ich ja jetzt wieder nach Hause gehen.«

»Wo wohnen Sie?«

»Bei meiner Tante in Den Haag.«

»Und Sie sagen, sie ist sehr krank?«

»Sehr krank, in der Tat, und wenn sie nicht unverzüglich operiert wird, geben die Ärzte ihr keine Chance mehr.«

»Dann verspreche ich Ihnen, die Erkundigungen über diese Ölskizze so rasch wie möglich einzuziehen.«

»Vielen herzlichen Dank. Ich bin Ihnen sehr verbunden.«

Leila war aufgestanden, und er erhob sich ebenfalls. Sekundenlang sahen sie einander an.

Sie hatte das Gefühl, als blickte er ihr tief in die Seele und könnte dort erkennen, daß sie ihn zu täuschen versuchte.

Weil sie Angst hatte, sagte sie hastig: »Ich ... ich muß gehen, ich kann meine Tante nicht so lange allein lassen.«

»Das verstehe ich«, erwiderte der Marquis. »Und ich hoffe, ich kann meinen Teil dazu beitragen, daß sie bald wieder gesund wird.«

Er hatte sie zur Tür begleitet.

Als er sie öffnete, bemerkte er Nanny, die überkorrekt und steif aufgerichtet in einem Lehnstuhl am anderen Ende der Halle saß.

»Ich sehe, Sie haben jemanden bei sich«, sagte er.

»Meine alte Kinderfrau, die mit mir nach Amsterdam kam«, erklärte Leila.

»Darf ich der Hoffnung Ausdruck geben, sie genießen den Aufenthalt in Holland — trotz der schweren Krankheit Ihrer Tante!«

»Danke«, antwortete. sie. »Ich finde es ganz wundervoll und sehr aufregend hier.«

Während sie in die Halle hinaustrat, kam ihr plötzlich ein Gedanke. Sie drehte sich zum Marquis um und zog ihn mit sich in den Raum zurück, den sie soeben verlassen hatten.

»Da ist etwas, das ich noch sagen möchte«, flüsterte sie so leise, daß er ihre Worte kaum verstehen konnte.

Der Marquis sah sie erstaunt an.

»Sie werden sich vielleicht wundern«, sagte Leila, »aber bitte, wenn Sie nach England zurückkehren, sagen Sie niemandem etwas davon, daß Sie mich hier in Holland getroffen haben!«

Sie sprach so gehetzt und aufgeregt, daß der Marquis die Brauen hob, bevor er sagte: »Ich nehme an, dies ist ein geheimer Besuch, oder halten Sie sich hier versteckt?«

»Ja, ich halte mich hier versteckt«, gestand Leila, »und es ist sehr wichtig für mich, daß niemand etwas davon erfährt.«

Wieder schaute sie ihn aus flehenden Augen an.

Er dachte, daß er noch nie so wunderschöne, ausdrucksvolle Augen gesehen hatte wie die ihren.

»Dann werde ich mich erneut als Gentleman erweisen und ihr Geheimnis für mich behalten müssen.«

»Danke — herzlichen Dank, Mylord«, stieß Leila aufatmend hervor. »Es war dumm von mir, es nicht schon früher erwähnt zu haben.«

Wieder trat sie auf die Halle hinaus, und nun wartete Nanny bei der geöffneten Tür auf sie.

»Danke, nochmals vielen Dank«, sagte Leila ein zweitesmal, reichte ihm die Hand und knickste vor ihm, als er sie ergriff.

Der Marquis spürte, wie ihre Finger in seiner Hand zitterten, und fand es merkwürdig, daß sie immer noch so verängstigt war.

Während er ihr nachschaute, dachte er, daß er noch nie eine Frau mit einem derart anmutigen Gang gesehen hatte, und als sie an der Tür noch einmal einen Blick über die Schulter warf, war er davon noch mehr entzückt als von dem Blick des Mädchens auf dem Vermeer-Porträt.

Er trat an eins der Fenster und beobachtete, wie sie abfuhr.

Sekundenlang zeichnete sich ihre Silhouette deutlich vor der spiegelnden Wasserfläche des Kanals ab, und der Gedanke durchzuckte ihn, sie könnte nicht wirklich sein.

Irgendwie hatte er das Gefühl, er müßte die ganze Begegnung geträumt haben.

Doch als er ins Wohnzimmer zurückkehrte, lag die Vermeer-Skizze auf dem Stuhl, auf den er sie niedergelegt hatte.

Aber anstelle der braunen Augen, die ihn fragend anschauten, waren es blaue und sehr ausdrucksvolle, und das feingeschnittene Gesicht wurde umrahmt von einem Helm blonder Haare, die die Farbe des Sonnenscheins hatten.

KAPITEL FÜNF

Zum Glück brauchte Leila ihrer Tante nicht zu gestehen, daß sie an diesem Tag in Amsterdam gewesen war.

Auf dem Heimweg hatte sie die ganze Zeit überlegt, was sie der Baroneß sagen sollte, wenn diese sie fragte, wo sie gewesen sei. Doch wieder zu Hause angelangt, fand sie die Tante schlafend vor.

Vermutlich hatte diese die starken Tabletten eingenommen, die ihr die Schmerzen nahmen, sie gleichzeitig aber auch sehr schläfrig machten.

Aus diesem Grund sprach Leila mit der Tante erst am späten Abend.

Als sie nach dem Dinner das Zimmer der Kranken betrat, war diese wach, aber immer noch stark benommen.

»Ist es dir gut ergangen, mein Kind?« fragte sie Leila.

»Ja, natürlich, Tante Edith, und es tut mir so leid, daß du wieder die argen Schmerzen hast.«

»Im Augenblick geht es mir besser«, sagte die Baroneß, »und morgen müssen wir uns unbedingt ganz lange miteinander unterhalten. Mir ist eingefallen, daß ich einige

Souvenirs von deiner Mutter besitze, die du sicher gern einmal sehen möchtest.«

»Oh, das wäre schön!« rief Leila.

Da sie merkte, wie schwer ihrer Tante das Sprechen fiel, hauchte sie ihr einen Kuß auf die Wange, wünschte ihr eine gute Nacht, und ging nach unten, um noch etwas zu lesen.

Es war noch zu früh, um schon zu Bett zu gehen, und deshalb suchte sie die Bibliothek auf und schlenderte an den Bücherregalen entlang.

Nachdem sie ein Buch gefunden hatte, trat sie an eins der Fenster, öffnete es und blickte in den Garten hinaus.

Am Himmel zeigten sich die ersten Sterne, alles war sehr still und ungewöhnlich friedlich.

Während sie nach draußen blickte, dachte sie an die Begegnung mit dem Marquis und daran, wie gutaussehend und beeindruckend er gewesen war.

Nach dem Tod ihres Vaters war er der erste Mann, für den sie echte Bewunderung empfand.

Im Gegensatz zu den Vätern der Mädchen, mit denen sie in Florenz auf der Schule zusammengelebt hatte, war ihr Vater eine stattliche, hochgewachsene Erscheinung gewesen.

Neben ihm waren ihr die italienischen Männer klein und unbedeutend vorgekommen.

Natürlich hatten sie ihr stets Komplimente gemacht, um so schmeichelhafter, je älter sie geworden war, aber Leila hatte dies auf die Begeisterungsfähigkeit der Italiener und ihre aufgeregte Art zu sprechen zurückgeführt.

Wirklich interessiert war Leila nie an ihnen gewesen.

Anders die Begegnung mit dem Marquis.

Schon allein der dunkle Klang seiner Stimme hatte ihr

das Gefühl gegeben, einem wirklichen Mann gegenüberzustehen.

Abgesehen davon war er sehr groß von Gestalt und hatte in dem kleinen Zimmer, in dem sie miteinander sprachen, regelrecht überwältigend auf sie gewirkt.

Sie wünschte sich, sie hätte mit ihm über seine Pferde und über seinen Familiensitz in England sprechen können.

In Florenz hatte sie zumeist ein schreckliches Heimweh gehabt — nach dem Grün der englischen Landschaft, den großen alten Herrenhäusern und den Menschen, die von der gleichen Herkunft waren wie sie.

Es wäre wundervoll, wenn ich ihn näher kennenlernen würde, dachte sie, doch es war ihr klar, daß sie sich wohl kaum noch einmal sehen würden.

Seltsam genug, träumte sie dennoch von ihm, sobald sie eingeschlafen war.

Obwohl sie sich am nächsten Morgen an keine Einzelheiten ihres Traumes mehr erinnern konnte, war sie sich lebhaft der Tatsache bewußt, daß sie dem Marquis sehr nahe gewesen war.

Überaus stark glaubte sie, auch nach dem Erwachen noch die Schwingungen zu spüren, die von ihm zu ihr übergeströmt waren.

Als Nanny kam und sie weckte, sagte sie: »Es wird heute sehr heiß werden, Miß Leila, und ich werde in dieser Hitze nicht mit Ihnen ins Museum gehen.«

Im ersten Moment wollte Leila protestieren, aber dann dachte sie daran, daß Nanny alt war und nicht mehr gerne lange Wege machte, und so sagte sie statt dessen: »Natürlich, Nanny, wir werden hierbleiben, wenn es zuviel für dich ist. Ich werde mich in den Garten setzen und ein paar Blumen malen. Ich bin sicher, Tante Edith wird sich freuen, wenn sie aufwacht und ich ihr das Bild zeige.«

»Nun, das nenne ich vernünftig«, gab Nanny zur Antwort.

Leila fand im Atelier des Barons eine kleine neue Leinwand, nahm ihre eigenen Farben und ging in den Garten.

Die Rosen in ihren mannigfaltigen Formen und Farben waren wundervoll.

Doch Leila dachte, sie würde lieber einige Tulpen malen, für die Holland so berühmt war. Und gleichsam mit innerer Notwendigkeit tauchte die Frage in ihr auf, wo sie wohl im Frühling sein mochte, wenn die Tulpen blühen würden.

Wie Nanny gesagt hatte, wurde es bald schon sehr heiß.

Und so trieb die Sonne Leila rasch wieder ins Haus zurück, wo sie sich ins Atelier des Barons setzte und ihr kleines Ölgemälde beendete.

Beim Hinaufgehen warf sie einen Blick ins Schlafzimmer der Tante, um zu sehen, ob sie schon wach war, fand sie jedoch noch schlafend.

Es war kurz vor dem Luncheon, als Leila nach unten kam, um ihrer Tante das fertige Bild zu zeigen.

Die Baroneß saß im Bett und wirkte blaß und abgespannt.

Als Leila das Zimmer betrat, dachte sie, daß es zu spät sein würde, wenn der Marquis ihre Skizze nicht bald kaufte.

Trotzdem gab ihre Tante sich große Mühe, das Bild zu bewundern, das Leila für sie gemalt hatte, und zollte ihrer Malweise große Bewunderung.

»Du bist eine großartige Künstlerin, meine Liebe«,

sagte sie. »Und ich wünschte nur, du hättest herkommen können, als dein Onkel noch lebte. Er wäre von deiner Arbeit begeistert gewesen.«

»Nun machst du mir Komplimente, die ich gar nicht verdiene«, sagte Leila. »Sein Atelier ist so gut ausgestattet, und ich finde es sehr klug von ihm, Leinwandmaterial aus den verschiedensten Stilepochen zu sammeln.«

»Ich muß gestehen, daß ich all diese technischen Dinge ziemlich langweilig finde«, erwiderte ihre Tante. »Ein Bild muß für mich schön sein, so daß ich es gerne anschaue. Dann ist es mir völlig gleichgültig, ob es gestern oder vor dreihundert Jahren gemalt wurde.«

Leila lachte und antwortete: »Ich glaube, in Holland solltest du so nicht reden.«

»Natürlich nicht«, gab ihr die Baroneß recht. »Aber in England würde man mich verstehen.«

Leila ging in das kleine Speisezimmer und nahm dort allein das Luncheon ein. Als sie fertig war, kam Nanny herein und sagte: »Ihre Tante ist eingeschlafen, Sie sollten sie also nicht stören. Das gleiche gilt auch für mich und den ganzen Haushalt.«

Ihre Stimme hätte einen aggressiven Unterton, als fürchtete sie, Leila würde darauf bestehen, mit ihr ins Museum zu gehen.

Deshalb sagte das Mädchen: »Leg dich etwas hin, Nanny, und ich werde mich ins Wohnzimmer setzen und ein Buch lesen. Vielleicht können wir später, wenn es draußen kühler geworden ist, noch für ein paar Stunden ins Mauritshuis gehen.«

Sie stellte fest, daß Nanny mit ihrer Antwort zufrieden war, und suchte den Wohnraum auf, wo alle Fenster offen standen.

Auch sämtliche Türen waren weit geöffnet, und der Duft der Blumen im Garten schien das ganze Haus zu erfüllen.

Weil Leila der Meinung war, es könnte nichts schaden, wenn sie ihre Französischkenntnisse etwas auffrischte, hatte sie sich einen Roman von Maupassant ausgesucht.

Sie ließ sich auf dem Sofa nieder, kuschelte sich in eine Ecke, legte die Füße hoch und vertiefte sich in ihre Lektüre.

Es mußte etwa eine Stunde vergangen sein, als sie jemanden ins Zimmer kommen hörte, und sie nahm an, daß es Nanny wäre.

»Hast du gut geruht ...«, begann sie.

Dann brach sie mitten im Satz ab. Zu ihrem Erstaunen sah sie, daß es nicht Nanny war, die den Raum betreten hatte, sondern ein junger Mann, klein und gedrungen und nicht sehr gutaussehend.

In der Tat hatte er die groben, ziemlich harten Züge eines Holländers.

Sekundenlang schaute sie ihn nur an, und er starrte zurück, als wäre er überrascht, sie zu sehen.

Schließlich erhob sich Leila und sagte: »Guten Tag.«

Sie sprach Englisch, und der junge Mann antwortete in der selben Sprache, allerdings mit einem deutlichen Akzent.

»Wer sind Sie, und was machen Sie hier?«

»Ich bin Gast der Baroneß van Alnradt«, erwiderte Leila. »Ich fürchte, Sie werden sie nicht sehen können, da sie sehr krank ist.«

»Ich weiß«, gab der Mann zur Antwort, »ich bin Niklas van Alnradt, der Stiefsohn der Baroneß.«

Leila begriff, daß der junge Mann vor ihr stand, von dem ihre Tante erzählt hatte, er sei so mißraten, daß er die Bilder verkaufte, die seinem Bruder gehörten.

Sie schaute ihn forschend an und sagte dann: »Die Baroneß war die Schwester meiner Mutter, und ich bin ihre Nichte.«

»Wenn das so ist, dann können sie ihr etwas von mir ausrichten!« sagte Niklas van Alnradt.

Bei diesen Worten blickte er sich um.

Dann durchquerte er den Raum und näherte sich einer Stelle, wo an der Wand ein wunderschönes Bild von Hendrik Avercomo hing.

Es war nicht besonders groß, aber außergewöhnlich akribisch gemalt, und als er es von der Wand nahm, rief Leila entsetzt: »Was tun Sie da!«

»Ich nehme dieses Bild an mich, weil ich es als mein Eigentum betrachte.«

»Das können Sie doch nicht machen«, entrüstete sich Leila. »Es gehört nicht Ihnen, sondern Ihrem Bruder Jan.«

»Was wissen Sie denn davon!« entgegnete er scharf. »Halten Sie sich gefälligst aus Sachen heraus, die Sie nichts angehen!«

»Ich werde nicht zulassen, daß Sie meine Tante bestehlen, weil sie zu krank ist, um Sie daran zu hindern.«

Leilas Stimme bebte vor Zorn. Dann befahl sie dem jungen Mann: »Hängen Sie das Bild sofort wieder zurück! Und verlassen Sie dieses Haus, Sie haben kein Recht hier zu sein!«

Niklas, das Gemälde in beiden Händen, blickte sie finster an.

»Sie wollen Schwierigkeiten machen, wie?« sagte er.

»Gehen Sie mir aus dem Weg, oder es wird Ihnen leid tun, sich eingemischt zu haben!«

»Wenn Sie das Bild aus dem Haus bringen, werde ich auf der Stelle die Polizei benachrichtigen«, drohte ihm Leila.

Sie stand zwischen Niklas und der Tür.

Sie hatte den Eindruck, er überlegte, ob er sie zur Seite stoßen und mit dem Bild das Zimmer verlassen könnte.

Doch sie war fest entschlossen, ihn aufzuhalten.

Er machte einen Schritt auf sie zu. Sie streckte die Arme aus und ergriff mit beiden Händen den Rahmen.

Während sie versuchte, ihm das Bild zu entreißen, sagte sie: »Sie benehmen sich abscheulich! Geben Sie das Bild her, oder ich rufe die Dienerschaft!«

Sie zog an dem Bild.

Niklas hielt es noch fester und rief: »Aus dem Weg, Sie übergeschnappte kleine Engländerin! Was, zum Teufel, geht es Sie an, ob ich mir das Bild nehme oder nicht — es sei denn Sie wollten es selbst haben.«

»Es gehört meiner Tante, solange sie lebt, und danach geht es in den Besitz Ihres Bruders über«, gab Leila zurück.

Bei diesen Worten zog sie wieder an dem Rahmen.

Niklas ließ das Bild mit einer Hand los, und schlug nach ihr, so fest er konnte.

Seine Faust traf ihre Schulter, und Leila schrie auf vor Schmerz.

*

Nachdem sich der Marquis am vorausgegangenen Abend von Leila verabschiedet hatte, saß er lange vor der Skizze, betrachtete sie und ging dabei seinen Gedanken nach.

Dann kam der Graf aus der Stadt zurück.

»Gute Neuigkeiten, Carew!« rief er. »Ich habe zwei herrliche Bilder für dich entdeckt. In einer Stunde etwa sind sie hier. Eins ist von van de Velde und eins von Jan van de Capelle.«

»Freut mich«, erwiderte der Marquis, »aber was sagst du zu dem hier?«

Der Graf warf einen Blick auf die Leinwand, die der Marquis neben sich auf das Sofa gestellt hatte, und rief: »Das ist ja der Vermeer, von dem alle Welt spricht. Wer hat ihn für dich kopiert?«

»Es ist keine Nachbildung«, erklärte der Marquis, »sondern eine Originalskizze, die Vermeer anfertigte, bevor er das endgültige Bild malte, das jetzt im Mauritshuis-Museum hängt.«

»Eine Originalskizze?« fragte der Graf erstaunt.

Er nahm das Bild in die Hand und betrachtete es prüfend. Dann drehte er es um und schaute sich die Rückseite der Leinwand an.

»Sieht tatsächlich alt aus«, stellte er fest. »Von wem hast du das Bild?«

»Von einer jungen Dame, die von sich behauptete, sie wäre die Nichte der Baroneß von Alnradt.«

Auf den Zügen des Grafen erschien ein überraschter Ausdruck.

»Ich kannte den Baron und seine Gemahlin. Ein reizendes Paar. Doch nach dem Tod ihres Gatten hat sich die Baroneß völlig aus dem gesellschaftlichen Leben zurückgezogen.«

»Offensichtlich ist sie sehr krank«, erwiderte der Marquis, »und ihre Nichte wollte mir das Bild verkaufen, um mit dem Erlös die Kosten für eine sehr schwierige Operation bezahlen zu können.«

»Und sie sagte, es sei eine Originalskizze von Vermeer?«

»Sie meint, der Mann, der den ›Kopf eines Mädchens‹ dem Mauritshuis-Museum stiftete, wäre ein Freund des Barons gewesen.«

»Das dürfte stimmen«, versetzte der Graf zögernd, »aber ich kann nicht glauben, das dies tatsächlich eine Arbeit Vermeers ist. Wenn eine solche Ölskizze existierte, hätten wir mit Sicherheit schon früher davon gehört.«

»Das habe ich mir auch gedacht«, sagte der Marquis.

»Ohne Zweifel eine hervorragende Arbeit«, brummte der Graf widerwillig. »Dennoch würde ich sie gründlich auf ihre Echtheit prüfen lassen, bevor ich auch nur einen Cent dafür ausgäbe.«

»Genau das denke ich auch«, stimmte ihm der Marquis zu. »Übrigens, Miß Cavendish schlug vor, ich sollte mich wegen des Bildes mit einem Kunsthändler namens Nijsted in Verbindung setzen.«

»Den kenne ich«, antwortete der Graf. »Aber so ganz würde ich dem nicht über den Weg trauen — obwohl das für eine ganze Reihe von Kunsthändlern in Amsterdam gilt. Die Bilder die ich dir besorgt habe, sind vom Direktor des Rijksmuseums persönlich geprüft und authentifiziert worden.«

Der Marquis lachte.

»Was Besseres konntest du nicht tun!«

»Das hab' ich mir auch gedacht.«

Der Graf lachte.

»Andererseits«, fuhr der Marquis nachdenklich fort, »tut mir Miß Cavendish leid. Sie macht sich große Sorgen um ihre Tante und ist ein außergewöhnlich hübsches junges Mädchen.«

»Aha!« rief der Graf. »Wenn das so ist, wirst du noch

kritischer sein müssen. Bilder kaufen ist eine äußerst heikle Angelegenheit, und wenn dabei noch ein junges Mädchen im Spiel ist, wird sie regelrecht zum Risiko!«

»Du bist ein Zyniker«, sagte der Marquis.

»Das mußt ausgerechnet du sagen«, entgegnete der Graf. »Was warst du denn all die Jahre?«

Der Marquis mußte innerlich zugeben, daß sein Freund recht hatte.

Auch im Moment war er voller Zynismus, wenn er an die beiden Frauen dachte, die ihm so gemein mitgespielt hatten und die er krampfhaft zu vergessen suchte.

Er dachte wieder an Leila, an den Ausdruck der Furcht in ihren blauen Augen, an das Zittern ihrer Hände, das sie nicht hatte unterdrücken können.

Warum mag sie nur so verängstigt gewesen sein? Das fragte er sich schon so oft seit jenem Augenblick, da sie ihn am Tag zuvor verlassen hatte.

»Nachdem ich dir die guten Neuigkeiten mitgeteilt habe, muß ich gestehen, daß ich auch ein paar schlechte für dich habe«, meldete sich der Graf nun. »Allerdings glaube ich nicht, daß sie dich allzu hart treffen werden.«

»Was ist es denn?« verlangte der Marquis zu hören.

»Ihre Majestät ist über deine Ankunft bereits unterrichtet«, erwiderte der Graf, »und sie lädt dich für morgen zum Luncheon auf ihren Wohnsitz Huis ten Bosch ein.«

Ein Pause entstand, bevor der Marquis eine Antwort zustande brachte.

»Natürlich fühle ich mich außerordentlich geehrt.«

»Es wird nicht ganz so schlimm werden, wie du befürchten magst«, fuhr der Graf fort. »Ihre Majestät hat am frühen Nachmittag eine öffentliche Audienz. Das

Luncheon findet aus diesem Grund also ziemlich zeitig statt, und du wirst dich unmittelbar danach ohne weiteres empfehlen können. Ich nehme an, sie würde gerne ein paar Worte allein mit dir reden, ehe die anderen Gäste eintreffen.«

»Ich hoffe, du hast die Einladung in meinem Namen angenommen.«

»Natürlich.« Der Graf nickte. »Und da man auf meine Gegenwart offensichtlich keinen Wert legt, werde ich die Zeit bis zu deiner Rückkehr damit zubringen, einige weitere Bilder für dich ausfindig zu machen, an deren Echtheit keinerlei Zweifel bestehen.«

Bei diesen Worten streifte er die Vermeer-Skizze mit einem flüchtigen, aber vielsagenden Blick, und der Marquis meinte: »Du hältst es also nicht für möglich, daß dies hier etwas wirklich Einmaliges ist, von dem man bis heute einfach keine Ahnung gehabt hat?«

»Ich halte es zumindest für äußerst unwahrscheinlich«, antwortete der Graf.

»Na schön, wie können wir dann feststellen, was es tatsächlich ist?«

»Ich werde es meinem Freund im Rijksmuseum mitnehmen«, entgegnete der Graf.

»Aber um Himmels willen, Carew, zeig es nur ja keinem der Kunsthändler, die heute im Laufe des Tages herkommen werden.«

»Warum nicht?« wollte der Marquis wissen.

»Weil sie nichts Eiligeres zu tun haben werden, als der Baroneß die Tür einzurennen, um das Bild in ihren Besitz zu bringen. Sie werden ihr dutzendmal soviel anbieten, wie sie dafür zu bekommen hofft, und die Entdeckung derart aufbauschen, daß sämtliche Sammler Europas einen Wettlauf beginnen, um seiner habhaft zu werden, mein lieber Freund.«

»Mit anderen Worten, du willst sagen, daß es in jedem Fall etwas wert ist, oder?«

»Nicht in jedem Fall. Nur wenn es echt ist.«

»Very well«, stimmte der Marquis zu, »wir werden die Sache geheimhalten. Aber wenn ich das Bild tatsächlich kaufe, werde ich dem Mädchen einen anständigen Preis dafür zahlen, weil sie das Geld nämlich sehr dringend für die Operation ihrer Tante braucht.«

»Was du außerdem noch überprüfen solltest«, gab der Graf zu bedenken, »ist die Tatsache, ob die Baroneß das Geld wirklich benötigt. Es ist die uralte Geschichte vom Vater, der Mutter oder der Schwester, die im Sterben liegen, die das Herz des fanatischen Sammlers erweichen soll.«

»Sei nicht so mißtrauisch!« rief der Marquis. »Sie ist noch ein Mädchen — viel zu jung und unschuldig, um einen anderen Menschen betrügen zu können!«

Er hatte mit fester Stimme gesprochen, wurde sich jedoch gleichzeitig bewußt, daß er immer noch keine Antwort auf die Frage gefunden hatte, weshalb sie bei ihrem Besuch so ängstlich und furchtsam gewesen war.

Dann erschollen Stimmen in der Halle.

Der Marquis nahm an, daß man die Bilder brachte, die der Graf für ihn ausgewählt hatte. Und vermutlich waren auch einige Kunsthändler mitgekommen, die ihm eine Auswahl weiterer alter Meister zeigen wollten.

Beruhigt beobachtete er den Freund, der die Vermeer-Skizze nahm und in einer Schublade verschwinden ließ.

*

Am nächsten Morgen dachte der Marquis voller Zufriedenheit, daß er drei hervorragende Niederländer erworben hatte, die ganz gewiß die Bewunderung des Königs und auch mancher seiner Freunde erregen würden.

Ganz entzückt war er von einer Szene auf dem Eis.

Da es sich dabei um eine Arbeit von höchster Qualität handelte, hatte er einen hohen Preis dafür zahlen müssen.

Auch die beiden anderen Gemälde waren von erlesenem künstlerischem Rang und würden sich ausgezeichnet in seine Sammlung einfügen.

Er hatte eine Menge Geld ausgegeben, doch er wußte, daß der Kauf ihn preiswerter gekommen war, als wenn er die Bilder in einem Auktionshaus erstanden hätte.

Dies war einer der Gründe, weshalb er sich entschlossen hatte, vor seiner Rückkehr nach England noch einige weitere Bilder zu erwerben.

Als sich der Graf zu ihm an den Frühstückstisch setzte, verkündete er dem Marquis, daß seine schnellsten Pferde mit seinem leichtesten Wagen vorgefahren wären, um ihn nach Den Haag zu bringen.

»Ich dachte mir, du würdest gerne frühzeitig aufbrechen, so daß du vor dem Luncheon noch einen Blick ins Mauritshuis werfen und dir das Vermeer-Original anschauen kannst«, sagte er.

»Ja, genau das hatte ich vor«, erwiderte der Marquis. »Ich habe natürlich Abbildungen in englischen Zeitungen und Illustrierten gesehen, aber es wäre strafbar, wenn ich Holland verlassen würde, ohne mir das Original angesehen zu haben.«

»Und da du schon einmal in Den Haag bist, solltest du die Gelegenheit nicht ungenutzt lassen und der Baroneß van Alnradt einen Besuch abstatten. Meiner Meinung nach könnte es nämlich nichts schaden, wenn du dich davon überzeugen würdest, ob sie wirklich so krank ist, wie man es dich glauben machen will.«

»Immer noch voller Mißtrauen?« fragte der Marquis spöttisch. »Ehrlich, Hans, du solltest Detektiv werden!«

»Wenn du wüßtest, was manche Händler alles für Tricks anwenden, wenn sie glauben, die Möglichkeit erspäht zu haben, einen schnellen Gulden zu machen, du würdest mächtig erstaunt sein«, sagte der Graf. »Auf alle Fälle könnten wir hier in Holland jede Woche Dutzende von Detektivgeschichten veröffentlichen, die nichts anderes als Betrügereien im Kunsthandel zum Inhalt hätten.«

Der Marquis wollte schon eine höhnische Antwort geben, doch dann fiel ihm Willy ein.

Wenn der Freund nicht gewesen wäre, würde er, der Marquis, vor wenigen Tagen in eine ziemlich peinliche Lage geraten sein.

Willy hatte ihn davor bewahrt.

Er selbst hatte nicht den leisesten Verdacht gehabt, daß man ihn zum Opfer eines gemeinen Betrugs ausersehen hatte.

Sekundenlang verdunkelten sich seine Augen, und seine Lippen verengten sich zu einer harten Linie.

Dem Graf schien die Veränderung, die plötzlich mit dem Freund vorgegangen war, aufgefallen zu sein. Sofort wechselte er das Thema und unterhielt sich mit ihm über unverfängliche Dinge, bis der Marquis soweit war, nach Den Haag aufzubrechen.

Der Marquis genoß die Fahrt in dem offenen Wagen und erfreute sich am Anblick der flachen Landschaft mit ihren von Weiden gesäumten Kanälen und den in einer leichten Seebrise sich sanft drehenden Windmühlen.

Im Mauritshuis-Museum angelangt, durchschritt er die verschiedenen Säle, bis er vor dem Vermeer stand.

Fasziniert betrachtete er den Kopf des Mädchens und kam zu der Erkenntnis, daß die Skizze, die Leila ihm gebracht hatte, eine glänzende Abbildung von Vermeers Meisterwerk war.

Doch während er in andächtiger Betrachtung vor dem Gemälde verhielt, stellte er fest, daß es nicht die braunen Augen auf dem Bild waren, die ihn gefangen genommen hatten, sondern ein blaues Augenpaar, aus dem der Ausdruck der Angst nicht weichen zu wollen schien.

*

Königin Wilhelmina war sichtlich erfreut, als der Marquis auf ihrem Landsitz Huis ten Bosch eintraf.

Begeistert sprach sie über die Zeit, die sie auf Kyne verbracht hatte, und darüber, wie wundervoll der Aufenthalt dort für sie gewesen war.

Sie erkundigte sich nach zahlreichen Angehörigen des Marquis und fragte dann: »Und wann werden Sie heiraten, Mylord? Ich bin sicher, Kyne braucht eine Hausherrin und Gastgeberin.«

»Das mag sein, Ma'am«, erwiderte der Marquis mit einem Lächeln. »Aber noch genieße ich das Leben eines Junggesellen.«

»Sie sollten an die Zukunft denken«, ermahnte ihn die Königin energisch. »Sie brauchen einen Sohn, der Ihre Stellung bei Hof erbt und weiterführt, und natürlich einige Töchter, die so schön und anziehend sind wie Ihre Mutter.«

Das Gespräch bewegte sich in eine Richtung, die dem Marquis nicht sonderlich behagte, aber es blieb ihm nichts anderes übrig, als gute Miene zu bösem Spiel zu machen.

Doch dann wurde sein Tête-à-tête mit der Königin durch die Ankunft anderer Gäste beendet, die ebenfalls zum Luncheon eingeladen waren.

Wie er vermutet hatte, waren es niederländische Politiker älteren Semesters, die sich nur über ernsthafte Themen unterhielten und selten einmal lachten.

Da Ihre Majestät, wie er wußte, anschließend eine Audienz hatte, war das Mahl nur kurz, und als sich die Königin vom Marquis verabschiedete, sagte sie: »Tut mir leid, Mylord, daß ich Sie verlassen muß. Die Pflicht ruft. Aber ich hoffe, sie besuchen mich noch einmal, bevor Sie Holland verlassen.«

»Es wäre mir eine Ehre, wenn Sie mir erlaubten, Sie nochmals wiederzusehen«, gab der Marquis zur Antwort.

Die Königin eilte davon, und der Marquis war entlassen.

Es war erst früher Nachmittag, und auf der Fahrt zum Landsitz der Königin hatte er sich den Rat des Freundes durch den Kopf gehen lassen, einmal bei der Baroneß vorbeizuschauen. Inzwischen war er zu der Einsicht gelangt, daß der Graf recht hatte. Er würde seinen Rat beherzigen.

Er nannte dem Kutscher den Namen der Baroneß, und als der Wagen vor ihrem Haus zum Stillstand kam, kletterte der Mann vom Bock, um an der Haustür zu läuten.

Vom Wagen aus erkannte der Marquis, daß die Tür offen stand.

Er stieg aus, nachdem er ein paar Minuten gewartet hatte, und da kein Diener erschien, betrat er die Halle.

Sie wirkte kühl nach der drückenden Hitze, die draußen herrschte.

Gerade überlegte er, wo er Leila finden könnte, als er einen Schrei hörte.

Der Schrei kam aus einem Zimmer auf der anderen Seite der Halle, dessen Tür geschlossen war.

Ohne zu zögern, setzte sich der Marquis in Bewegung, öffnete die Tür und betrat den Raum.

Zu seinem Erstaunen gewahrte er Leila, die ein gerahmtes Bild mit beiden Händen umklammert hielt, während ein untersetzter junger Mann mit der Faust auf sie einschlug.

Er zielte nach ihrem Gesicht, doch sie hielt das Gemälde wie einen Schild vor sich.

Der Schlag traf ihre rechte Schulter wie schon zuvor einmal.

Leila schrie zum zweitenmal.

Der Marquis ging mit schnellen Schritten auf die beiden zu.

»Was, zum Teufel, geht hier vor!« rief er erbost.

Weder Niklas noch Leila hatten gehört, wie er das Zimmer betrat, und nun blickten sie ihn beide überrascht an.

Weil er so groß und überwältigend war, ließ Niklas das Bild unwillkürlich los.

Leila, die mit aller Kraft daran gezogen hatte, schwankte rückwärts und fiel zu Boden.

»Was fällt Ihnen ein, eine Frau zu schlagen!« entrüstete sich der Marquis, bevor Niklas noch etwas sagen konnte. »Verschwinden Sie, oder ich mache Ihnen Beine!«

Die Art, wie er sprach, und die Tatsache, daß er so viel größer war, gaben dem Holländer das Gefühl, daß es sinnlos war, sich dem eindeutigen Befehl des Fremden zu widersetzen.

Als Niklas sich umdrehte und den Raum verließ, hielt es der Marquis nicht einmal für nötig, ihn zu beobachten, bis er verschwunden war.

Er beugte sich zu Leila hinunter und hob sie vom Boden auf.

Sie war so erleichtert über Niklas' Verschwinden, daß sie das Bild einfach liegen ließ und dem Marquis die Arme entgegenstreckte.

»Danke — danke!« rief sie. »Sie kamen genau im richtigen Augenblick!«

Er hatte den Arm um sie geschlungen und verharrte in dieser Haltung, bis er glaubte, daß Leila wieder sicher auf den Füßen stehen konnte.

Dann, als sie sich mit der Hand an die Schulter griff, wo Niklas' Faust sie getroffen hatte, fragte der Marquis: »Hat der Mann Sie verletzt? Was haben Sie getan, und weshalb hat er Sie geschlagen?«

»Es ... es war Niklas van Alnradt, der jüngere Stiefsohn meiner Tante«, brachte Leila mühsam hervor. »Er wollte eins der Bilder stehlen, die meiner Tante gehören und die nach ihrem Tod in den Besitz seines älteren Bruders übergehen.«

Da sie seiner Hilfe nicht länger bedurfte, bückte sich der Marquis und hob das Gemälde auf.

Es war eine Szene auf dem Eis mit Schlittschuhläufern und Zuschauern wie auf dem Bild, das er am Tag zuvor erworben hatte, und es war genauso wundervoll gemalt wie das seine.

Er lehnte es an einen Stuhl.

Dann wandte er sich um und sah, daß sich Leila auf dem Sofa niedergelassen hatte, als würden ihre Füße sie nicht länger tragen.

Sie rieb sich immer noch ihre Schulter, und er vermutete, daß sie große Schmerzen hatte.

»Ja«, sagte er, »es sollte tatsächlich jemanden geben, der ein Auge auf diese Bilder hat, die alle sehr wertvoll sind, wie ich sehe. Wo sind denn eigentlich die Diener?«

»Sie haben sich alle hingelegt, weil es so heiß ist«, erwiderte Leila. »Und ich saß hier und las, als er sich ins Zimmer schlich.«

»Und Ihre Tante ist oben?« erkundigte sich der Marquis.

»Sie schläft — wie alle im Haus«, sagte Leila. »Und ich nehme an, Niklas glaubte, er könnte das Bild zu einer Zeit stehlen, wo niemand da wäre, der den Diebstahl bemerkte.«

»Das ist ja abscheulich!« rief der Marquis voller Entrüstung. »Sie müssen den Dienern sagen, daß sie in Zukunft die Türen zulassen und sie obendrein noch abschließen, damit nicht jedermann so ohne weiteres ins Haus gelangen kann.«

»Ich glaube sie sind das so gewohnt«, sagte Leila. »Sie haben die Türen bei heißem Wetter wohl stets aufgelassen.«

»Dann müssen sie sich das eben abgewöhnen«, erklärte der Marquis mit einem energischen Klang in der Stimme.

Er setzte sich neben sie aufs Sofa.

Während sie ihn dankbar anschaute, dachte er, daß ihre Augen ihm jetzt noch schöner erschienen als am Tag zuvor.

In der Tat war sie so schön, daß er nur schwer glauben konnte, daß sie wirklich und nicht nur ein Gebilde seiner Phantasie war.

»Erzählen Sie mir von sich«, forderte er sie auf. »Gestern sind Sie mir so geheimnisvoll vorgekommen, und ich habe mir den Kopf zerbrochen über die Frage, warum sie sich in Holland versteckt halten und vor wem.«

»Sie haben mir versprochen, mit niemandem darüber zu sprechen, wenn Sie wieder in England sind!« erinnerte ihn Leila beunruhigt.

»Ich pflege stets zu halten, was ich verspreche«, antwortete der Marquis voller Stolz. »Aber ich wäre froh, wenn Sie mir vertrauen würden.«

Noch während er sprach, wurde ihm bewußt, daß er einen Fehler begangen hatte, denn Leila wandte den Kopf zur Seite.

Er war sicher, sie sagte sich nun, daß sie unter keinen Umständen einem Mann trauen sollte, den sie gerade erst kennengelernt hatte, auch wenn er Engländer war.

»Ich war heute morgen im Mauritshuis-Museum und habe mir Vermeers ›Kopf eines Mädchens‹ angeschaut.«

»Ein wundervolles Bild, nicht wahr?« sagte Leila.

Danach entstand eine längere Pause. Schließlich erkundigte sie sich zögernd: »Haben Sie sich zum Kauf der Skizze entschlossen?«

»Natürlich werde ich sie kaufen, wenn sie echt ist«, erwiderte der Marquis.

Er beobachtete Leilas Gesicht, während er sprach, doch sie war aufgestanden und ans Fenster getreten.

Der Sonnenschein, der in den Raum flutete, verwandelte ihr Haar in pures Gold.

Er betrachtete ihr Profil, das sich sanft vor den Bäumen vor dem Haus abhob, und er dachte, daß es schöner war als alles, was je ein niederländischer Meister auf eine Leinwand gebracht hatte.

Mit einer Stimme so leise, daß er sie kaum verstehen konnte, sagte sie nach einer Weile: »Tante Edith ist sehr krank, und wenn sie jetzt nicht operiert wird, muß sie sterben.«

»Ich verstehe«, sagte der Marquis. »Und ich werde Sie meine Entscheidung morgen wissen lassen.«

Leila drehte sich zum Fenster um.

»Bitte«, bat sie, »bitte, kaufen Sie es! Wenn Tante Edith sterben müßte ... es wäre so furchtbar. Wer sollte dann ihren Stiefsohn, den Sie vorhin gesehen haben, daran hindern, alles an sich zu reißen, dessen er habhaft werden kann.«

»Aber es wird doch jemand dasein, der dem einen Riegel vorschieben könnte«, rief der Marquis.

»Nur sein Bruder, und der lebt auf Java.«

Die Lippen des Marquis wurden schmal.

»Ich verstehe Ihr Problem, Miß Cavendish. Und deshalb sage ich Ihnen: Ob ich nun das Bild kaufe oder nicht, nehmen Sie die Operation Ihrer Tante in Angriff, tun Sie alles, was zur Vorbereitung notwendig ist, ich werde für die Kosten aufkommen.«

Leila stieß einen Schrei aus.

»Das ist sehr freundlich und überaus großzügig von Ihnen«, sagte sie dann. »Aber das würde meine Tante natürlich niemals akzeptieren. Es ist nicht ihre Art, um Wohltätigkeit zu betteln — und darauf würde es ja wohl hinauslaufen —, wenn sie sich nicht dafür revanchieren kann.«

Sie hatte den Satz noch nicht ganz ausgesprochen, als ihr klar wurde, daß sie einen Fehler gemacht hatte.

Gleichzeitig sagte sie sich, ihre Eltern wären entsetzt gewesen bei der Vorstellung, daß sie bereit war, die Unterstützung eines Fremden anzunehmen, nur weil sie sich in einer ausweglosen Lage befand.

»Ich glaube Sie setzen das Leben ihrer Tante aufs Spiel wegen einiger ganz überflüssiger Bedenken«, sagte der Marquis.

»Was halten Sie davon, wenn ich mit ihr reden und ihr meine Hilfe anbieten würde — als Landsmann gewissermaßen, der einen Menschen seines Volkes nicht im Stich läßt?«

Leila holte tief Luft.

»Wo gibt es das noch, daß jemand so hilfsbereit, so wundervoll ist!«

Bei diesen Worten rückte sie näher auf den Marquis zu, der neben ihr auf dem Sofa saß.

Ihre Augen begegneten einander, und es schien, daß keiner von ihnen dem Blick des anderen ausweichen konnte.

Dann, als der Marquis schwieg, schaute Leila auf die Kaminuhr und meinte: »Gewöhnlich schläft Tante Edith bis drei, doch wenn Sie so lange nicht warten können, werde ich sie jetzt wecken.«

»Nein, nein, natürlich nicht«, erwiderte der Marquis. »Es macht mir nichts aus, bis drei Uhr zu warten. Sie können mir ja die Wartezeit verkürzen, indem Sie mir ein wenig von sich erzählen, was ich sehr interessant finden würde.«

»Interessant?« Leila klang überrascht. »Ich kann mir das schlecht vorstellen, wo Sie doch so viele andere Interessen haben.«

Der Marquis lächelte und forderte sie auf: »Erzählen Sie mir von Ihren Eltern!«

Weil es ein Thema war, über das Leila nur zu gerne

sprach, erzählte sie von ihrem Vater, davon, wie tapfer er war und wie er mit dem Viktoriakreuz ausgezeichnet wurde.

Dann erzählte sie, wie schön und liebenswert ihre Mutter gewesen war und wie hingebungsvoll sie ihren Mann geliebt hatte.

»Und ich nehme an, Sie gleichen ihr sehr«, bemerkte der Marquis.

»Ich fühle mich immer aufs höchste geschmeichelt, wenn man mir das sagt«, erwiderte Leila. »Aber Mama war viel schöner, als ich es jemals sein werde.«

Ihre Worte sprudelten ganz spontan und wie selbstverständlich aus ihr heraus.

Der Marquis allerdings war nicht ihrer Meinung. Er hielt es für unmöglich, daß jemand noch schöner sein könnte als Leila, ließ seine Gedanken jedoch unausgesprochen.

Statt dessen brachte er sie dazu, ihm von dem Haus zu erzählen, in dem sie gewohnt hatten, bevor ihr Vater gefallen war.

»Und was geschah nach dem Tod Ihres Vaters?« fragte er.

Zu seiner Überraschung schwieg sie auf seine Frage. Dann nach einer kleinen Pause warf sie einen Blick zur Uhr auf dem Kaminsims.

»Tante Edith sollte jetzt bald aufwachen«, sagte sie.

»Sie weichen mir aus«, entgegnete der Marquis, »und Sie verheimlichen mir etwas.«

Sie gab keine Antwort, und er fuhr fort: »Können Sie sich vorstellen, wie ärgerlich es für einen Mann ist, wenn er mit einem Problem konfrontiert wird, das zu lösen er keine Möglichkeit hat, obwohl es ihm nicht mehr aus dem Kopf gehen will?«

Leila ließ ein nervöses kleines Lachen hören.

»Ich bin sicher, Mylord, Sie haben wichtigere Dinge zu tun, als Ihre Zeit an meine Probleme zu verschwenden.«

Wenn dies eine andere Frau zu ihm gesagt hätte, wäre jetzt in ihren Augen ein verführerischer Ausdruck erschienen, und der Marquis hätte genau gewußt, welche Antwort sie von ihm erwartete.

Aber wieder wirkte Leila völlig natürlich und unschuldig.

Für ihn stand fest, daß sie ohne jeden Hintergedanken war.

Deshalb dachte er auch nicht daran, auf ihre Worte mit einem Kompliment zu reagieren, das er in solchen Situationen anderen Frauen gegenüber anzuwenden pflegte und das Leila — davon war er instinktiv überzeugt — weder erwartet noch verstanden hätte.

Statt dessen fragte er: »Ist dies Ihre erste Auslandsreise?«

»Oh, nein«, erwiderte Leila. »Mama schickte mich auf ein Mädchenpensionat in Florenz. Und da sie starb, bevor ich nach Hause kommen konnte, blieb ich noch ein weiteres Jahr dort, bis die Trauerzeit zu Ende war. Ich erhielt in diesem Jahr Malunterricht bei einem Lehrer der Kunstakademie, die den Uffizien angeschlossen ist.«

Der Marquis verstand nun gar nichts mehr.

Sie hatte doch davon gesprochen, wie arm sie nach dem Tode des Vaters gewesen seien, woher hatten sie dann aber das Geld für ein Mädchenpensionat in Florenz gehabt?

Sein Verstand registrierte ebenfalls die Tatsache, daß sie Malunterricht an einer der berühmtesten Kunstakademien der Welt genossen hatte.

Leila wurde sich fast gleichzeitig bewußt, daß sie ihm von dem Malunterricht nichts hätte erzählen dürfen.

Mein Gott, was war, wenn er nun auf die Idee kam, sie selbst hätte die Vermeer-Skizze angefertigt!

Hastig erhob sie sich und rief: »Tante Edith wird inzwischen bestimmt aufgewacht sein.«

Sie hatte den Satz noch nicht ganz ausgesprochen, als die Tür des Wohnzimmers aufgerissen wurde.

Gertrude stürzte herein.

»Miß Leila — kommen Sie schnell!«

»Was ist denn, Gertrude?«

»Die Herrin . . . ich glaube . . . ich fürchte — sie ist tot!«

Leila lief zur Tür. Gertrude war schon wieder auf der Treppe und eilte nach oben. Leila folgte ihr, und der Marquis stieg hinter ihr die Treppe hinauf.

Sie erreichten das Podest, und Gertrude stieß die Tür zum Zimmer der Baroneß auf.

Das Mädchen hatte offensichtlich nach seiner Herrin schauen wollen, zunächst jedoch die Vorhänge zur Seite gezogen, bevor es ans Bett der Kranken getreten war. Die Sonne drang ins Zimmer, und Leila sah das Gesicht der Tante, das sich bleich und wächsern von den Kissen abhob.

Ihre Augen waren geschlossen, und man hätte glauben können, sie würde schlafen, wenn da nicht jene Stille um sie herum gewesen wäre, die nur noch den Schluß zuließ, daß sie nicht einfach nur bewußtlos war, sondern nicht mehr atmete.

Eine Hand mit den langen dünnen Fingern ruhte auf dem Bettlaken.

Als Leila ans Bett eilte, um die Hand der Tante zu berühren, war sie kalt wie Eis.

Fassungslos wandte sie sich ab, als könnte sie den Anblick nicht ertragen, und stellte fest, daß der Marquis dicht hinter ihr stand.

Wie ein Kind barg sie unwillkürlich das Gesicht an seiner Schulter, und er legte schützend die Arme um sie.

Sie weinte nicht, doch er fühlte, wie sie zitterte, als ihr Körper den seinen berührte.

»Sie hat nicht gelitten«, sagte er sanft mit seiner tiefen Stimme.

Gertrude, die Augen voller Tränen, war bereits nach unten gelaufen, um die anderen Diener zu rufen.

Der Marquis und Leila bewegten sich nicht.

Sie fühlten nur gegenseitig ihre Nähe, und der Marquis bemerkte die schwache Ähnlichkeit, die zwischen der Toten und dem jungen Mädchen bestand, das aussah wie der Sonnenschein und die Verkörperung der Jugend und der Lebendigkeit zu sein schien.

Plötzlich ertönte das Geräusch von Stimmen, und Schritte kamen die Treppe herauf.

Nur mit Mühe bewegte sich Leila, und er wußte, daß sie um Fassung rang.

»Alles wird gut«, sagte er sehr ruhig und bestimmt. »Und ich werde Sie nach England mitnehmen.«

KAPITEL SECHS

Von da an hatte der Marquis einfach die Führung übernommen. Jedenfalls erschien Leila dies rückblickend so.

Der Tod der Tante war ein derartiger Schock für sie gewesen, daß es ihr unmöglich war, auch nur einen klaren Gedanken zu fassen. Wie betäubt und gelähmt war sie gewesen.

Gleichzeitig jedoch hatte es sie eine furchtbare Willensanstrengung gekostet, den Strom der Tränen zurückzuhalten, der aus ihr hervorzubrechen drohte.

Ihre Mutter hatte immer gesagt, es sei vulgär, in der Öffentlichkeit zu weinen, und so ballte Leila die Fäuste und biß auf die Zähne, um nicht losheulen zu müssen.

Während Gertrude und die anderen Diener ihren Tränen freien Lauf ließen, begann der Marquis damit, seine Anordnungen zu geben.

Einen der männlichen Bediensteten schickte er zum Arzt und zum Beerdigungsunternehmer, und Gertrude wurde beauftragt, den Anwalt der Baroneß zu rufen.

Dann führte er Leila ins Wohnzimmer hinunter und sagte mit seiner ruhigen, dunklen Stimme zu ihr: »Ich weiß, daß Sie sich Sorgen wegen der Bilder Ihrer Tante machen, deshalb werde ich jetzt ins Mauritshuis-Museum fahren und den Direktor aufsuchen.«

Überrascht schaute Leila ihn an, und er stellte fest, daß sie nicht verstand, was er vorhatte.

»Nach dem, was ich von den Bildern in diesem Haus gesehen habe, glaube ich beurteilen zu können, daß sie sehr wertvoll sind, und ich bin sicher, ich kann den Direktor bewegen, sie so lange in seine Obhut zu nehmen, bis Baron Jan von Java hier eingetroffen ist.«

Leila schwieg.

»Bis dahin müssen sämtliche Türen verschlossen bleiben, und es muß Sorge getragen werden, daß niemand außer den Leuten, nach denen ich geschickt habe, das Haus betritt.«

»Ich danke Ihnen«, sagte Leila mit kaum hörbarer Stimme.

Der Marquis bestieg die Kutsche und ließ sich zum Mauritshuis-Museum fahren, wo er den Direktor zum Glück antraf.

Er stellte sich vor und erklärte: »Ich komme mit einem recht schwierigen Problem zu Ihnen, Mijnheer, und ich hoffe, Sie können mir helfen, es zu lösen.«

»Seien Sie versichert, Mylord, daß ich mein Bestes tun werde, um Sie zufriedenzustellen«, erwiderte der Direktor.

»Nach dem Luncheon bei der Königin, das heute sehr früh beendet war, kam mir der Gedanke, der Baroneß van Alnradt, die von Hause aus Engländerin ist, einen Besuch abzustatten.«

Der Direktor nickte, und der Marquis fuhr fort: »Bei meiner Ankunft im Haus der Baroneß wurde ich Zeuge, wie Niklas van Alnradt versuchte, ein sehr wertvolles Bild aus der Sammlung des verstorbenen Barons zu entwenden.«

Am Gesichtsausdruck des Museumsdirektors erkannte er, daß Niklas kein Unbekannter für ihn war.

»Ich hinderte den jungen Mann daran, das Bild aus dem Haus zu entfernen, doch ein untrügliches Gefühl sagt mir, daß er zurückkehren wird, sobald er vom plötzlichen Tod seiner Stiefmutter erfährt.«

Der Marquis machte eine Pause und sah seinem Gegenüber gerade in die Augen, bevor er weitersprach.

»Ich möchte Sie deshalb um die Freundlichkeit bitten, die Bilder so lange in Ihre Obhut zu nehmen und sie hier in Ihrem Museum aufzubewahren, bis der rechtmäßige Eigentümer, Baron Jan van Alnradt, aus Java zurückgekehrt ist.«

Der Direktor blickte ihn erstaunt an, und der Marquis sagte rasch für den Fall, daß der Holländer ihm eine Absage erteilen würde: »Natürlich könnte ich Ihre Majestät deswegen bemühen, aber das möchte ich nicht unbedingt, da ich den Eindruck hatte, daß sie im Moment sehr beschäftigt ist.«

Die Bemerkung erwies sich als Trumpfkarte, denn der Direktor meinte bereitwillig: »Aber selbstverständlich, Mylord, bin ich Ihnen in der Angelegenheit gerne behilflich. Ich betrachte es sogar als eine besondere Auszeichnung, die Sammlung des Barons bis zur Rückkehr seines älteren Sohnes bei mir zu beherbergen.«

»Besten Dank«, sagte der Marquis, »ich bin Ihnen zutiefst verbunden. Wenn Sie die erforderlichen Leute und Transportmittel entbehren könnten, hielte ich es für die korrekteste Lösung, wenn sich der Umzug möglichst sofort bewerkstelligen ließe.« Der Marquis empfahl sich und ließ den Direktor mit dem Gefühl zurück, in einen Taifun geraten zu sein.

Bevor der Marquis zum Museum gefahren war, hatte er zu Nanny, die ihm in der allgemeinen Verwirrung und Betroffenheit wie ein Fels in der Brandung erschienen war, gesagt: »Ich schlage vor, Sie packen auf der Stelle die Sachen ihrer Herrin zusammen, weil ich nämlich der Meinung bin, daß es ein Fehler wäre, wenn sie unter den gegebenen Umständen noch länger hierbliebe.«

Erstaunt blickte Nanny ihn an, wagte es jedoch nicht, dem Manne mit der befehlsgewohnten Stimme, die eine solche Autorität ausstrahlte, zu widersprechen.

Als der Marquis wieder im Haus der Baroneß eintraf, befand sich praktisch alles, was Leila besaß, in ihren Koffern.

Er fand sie im Wohnzimmer, wo sie gewesen war, als er sie verlassen hatte, und als sie ihn sah, sprang sie eifrig auf und lief auf ihn zu.

»Sie sind zurück!« stieß sie atemlos hervor.

»Ja, ich bin zurück«, gab er zur Antwort. »Und ich schlage vor, ich nehme Sie mit nach Amsterdam.«

Die Augen weit aufgerissen, schaute sie zu ihm auf, und er meinte: »Ich hielte es für einen Fehler, wenn Sie hierbleiben würden, denn obwohl ich die Auslagerung der Bilder ins Mauritshuis-Museum in Gang gesetzt habe, könnte dieser unangenehme junge Mann auf die Idee kommen, sich nochmals hier sehen zu lassen.«

Er sah, wie ein Zittern Leila erfaßte, und er wußte, sie hätte sich trotz der Diener, die im Haus waren und sie beschützen würden, dort sehr unsicher und bedroht gefühlt.

»Was ich vorschlagen möchte, ist dies«, sagte der Marquis, »Sie und Nanny quartieren sich auf meiner Yacht ein, die am Heerengracht Kanaal vor Anker liegt.«

Ein längeres Schweigen entstand, bevor Leila zögernd fragte: »Meinen Sie nicht, ich sollte an Tante Ediths Begräbnis teilnehmen?«

»Das zu entscheiden, liegt ganz allein bei Ihnen. Andererseits erklärten Sie mir, daß Sie sich versteckt halten, und der alte Baron war zu seinen Lebzeiten eine sehr angesehene Persönlichkeit.«

Es war nicht notwendig, mehr zu sagen.

Leila war sich sofort der Verwicklungen und Schwierigkeiten bewußt, die sich ergeben konnten, wenn die niederländischen Zeitungen über den Tod ihrer Tante berichteten.

Da sie von Geburt Engländerin gewesen war, würden zweifellos auch *The Times* und *The Morning Post* einen Bericht über die Beisetzung bringen.

In dem Fall mußte man davon ausgehen, daß auch Sir Robert ihn las und daß er scharfsinnig genug war, um zu vermuten, wo sie sich versteckt hielt.

»Sie haben recht«, sagte sie leise. »Hier kann ich nicht bleiben, und vielleicht sollte ich tatsächlich nach England zurückkehren.«

»Ich glaube, es ist das vernünftigste, was Sie tun können«, stimmte der Marquis zu. »Und nun holen Sie Ihren Hut, und wenn Sie fertig sind, werden wir nach Amsterdam aufbrechen.«

Während Leila das Zimmer verließ, kam dem Marquis der Gedanke, daß er sich tiefer in ihre Angelegenheiten hatte hineinziehen lassen, als es jemals von ihm beabsichtigt gewesen war.

Aber was hätte er anderes tun sollen!

Leila drohte nicht nur Gefahr von Niklas van Alnradt.

Sie war noch so jung, so unerfahren und unschuldig — jeder Mann, dem sie begegnete, konnte ihr gefährlich werden.

Außerdem war sie sehr schön, und es umgab sie der Zauber der Reinheit und Unberührtheit. Aus den Erfahrungen der Vergangenheit wußte er, daß dies etwas war, dem die meisten Männer nicht zu widerstehen vermochten.

Ich werde sie mit nach England nehmen, sagte er sich. Sie wird ja wohl irgendwelche Verwandte haben, die sich um sie kümmern werden.

Danach rief der Marquis die Dienerschaft des Hauses zusammen.

Er erklärte ihnen, daß jeden Moment ein Möbelwagen vorfahren können, um sämtliche Bilder abzuholen und sie zwecks Sicherstellung ins Mauritshuis-Museum zu bringen.

»Bis zu seiner Ankunft müssen Sie dafür sorgen, daß alle Türen geschlossen bleiben und niemand außer dem Arzt und dem Leichenbestatter das Haus betritt«, sagte er. »Und später wird dann der Anwalt der Familie erscheinen, den Sie ja, wie ich annehme, alle kennen werden.«

»Wir werden uns genauestens an Ihre Anweisungen halten, Mylord«, versprach Gertrude, und die anderen nickten zustimmend.

Leilas Koffer wurden gerade im Gepäckkasten der Kutsche verstaut, die den Marquis nach Den Haag gebracht hatte, als zwei Möbelwagen, jeder von zwei kräftigen Pferden gezogen, in die Auffahrt zum Haus einbogen.

Da der Marquis davon ausging, daß die Dienerschaft über keine Spargroschen verfügte, gab er den Männern vom Museum ein angemessenes Trinkgeld, bevor er in die Kutsche stieg.

Leila fand dies sehr freundlich und aufmerksam von ihm.

Sie sagte sich, daß sich kein anderer Mann so wundervoll verhalten hätte wie er. Er hatte sie nicht nur aus den Händen des Bilderdiebs Niklas befreit, sondern auch alles getan, um die Sammlung des Barons vor seinem mißratenen Sohn in Sicherheit zu bringen.

Vor allem aber würde der Marquis es zu verhindern wissen, daß ihr Stiefvater sie aufspürte und sie zur Ehe mit einem Manne zwang, für den sie tiefe Abscheu empfand.

Ein kalter Schauder lief Leila über den Rücken, als sie daran dachte, wie entsetzlich es gewesen wäre, wenn Sir Robert bei der Beerdigung der Tante plötzlich hinter ihr gestanden hätte — womöglich noch in Begleitung von Mr. Hopthorne.

Während sie den Hut aufsetzte und Nanny die Tasche mit dem Handgepäck zuschnappen ließ, verkündete die alte Dienerin: »Ich weiß wirklich nicht mehr, was ich denken soll, und das ist die Wahrheit!«

»Seine Lordschaft bringt uns auf seine Yacht, Nanny«, erklärte ihr Leila. »Und in England müssen wir uns dann nach einem neuen Versteck umsehen, wo wir vor meinem Stiefvater sicher sind.«

»Und ich hatte geglaubt, wir wären hier sicher vor ihm gewesen — wenigstens für ein, zwei Monate«, murmelte Nanny.

»Das hatte ich auch«, gab Leila ihr recht. »Doch wie

hätten wir ahnen können, daß die arme Tante Edith uns so schnell verlassen würde...«

Ihre Stimme versagte bei den letzten Worten, und Nanny befahl ihr streng: »Nun regen Sie sich mal nicht auf, Miß Leila! Ihre Tante ist nun im Himmel — bei Ihrer Mutter. Und ich bin sicher, beide möchten nicht, daß Sie aussehen wie ein Gespenst. Ganz abgesehen davon, daß Gentlemen keine Frauen mögen, die den ganzen Tag mit verweinten Augen herumlaufen.«

»Ich werde versuchen, mich zusammenzunehmen«, versprach Leila. »Doch alles kam so plötzlich.«

»Ich weiß, ich weiß«, erwiderte Nanny. »Aber vielleicht war es das beste so. Wir sind Engländer, und wir gehören nach England. Was wir nur tun müssen, ist eins: wir müssen uns überlegen, wohin wir gehen können.«

»Das ist leichter gesagt, als getan«, wollte Leila antworten.

Aber ein Diener kam herein, um das Handgepäck zu holen.

Obwohl Leila den Marquis nicht warten lassen wollte, ging sie zunächst noch einmal ins Schlafzimmer der Tante.

Der Leichenbestatter und die Frau, die die Tote aufgebahrt hatte, waren bereits dagewesen.

Tante Edith lag, die Hände über der Brust gefaltet, auf ihrem Bett.

Leila verharrte eine Weile in stiller Betrachtung der Toten, dann ließ sie sich auf die Knie nieder und sprach ein stummes Gebet.

Sie betete, daß Gott die Baroneß nicht nur mit ihrem verstorbenen Gatten vereinen möge, sondern auch mit ihrer Schwester und allen anderen Familienangehörigen.

Es war ein sehr inbrünstiges Gebet und Leila fügte auch eine Bitte für sich selbst hinzu: »Bitte, Tante Edith, achte auch ein wenig auf mich. Vielleicht könnt ihr, du und Mama, es verhindern, daß mein Stiefvater mich findet und mich zwingt, einen Mann zu heiraten, den ich nicht liebe. Hilf mir ... hilf mir, ich bin so allein und so verloren — und ich habe solche Angst vor der Zukunft.«

Sie hatte den Kopf gebeugt und die Augen geschlossen, und mit einem Mal glaubte sie, der Raum wäre erfüllt von einem überirdischen Licht.

Es war nicht das Sonnenlicht, sondern etwas viel Lebendigeres.

Und es war nur ein sehr flüchtiger Eindruck, der sofort wieder vergangen war, aber trotzdem hatte Leila das Gefühl, ihr Gebet wäre erhört worden und sie brauchte sich nicht länger mehr zu ängstigen.

Eilig verließ sie das Totenzimmer und lief die Treppe hinunter in die Halle, wo der Marquis auf sie wartete.

Er blickte ihr entgegen, und während sie auf ihn zueilte, erschien sie ihm mit ihren blonden Haaren und den großen blauen Augen wie die Göttin des Frühlings selbst.

Leila verabschiedete sich von der Dienerschaft, und Gertrude brach in Tränen aus, weil sie fortging.

Dann stieg Leila in die Kutsche und nahm neben dem Marquis auf der Rückbank Platz, während sich Nanny auf der schmäleren Sitzbank ihnen gegenüber niederließ.

»Das sind ganz hervorragende Pferde«, sagte der Marquis, »Und ich bin sicher, daß ich die Strecke von Amsterdam nach Den Haag in Rekordzeit zurückgelegt habe.«

»Mein Vater versuchte auch immer, Rekorde zu brechen, wenn er in seinem Wagen fuhr. Aber unsere Pferde kamen nicht gerade aus dem besten Stall, und ich fürchte, gewöhnlich war er ziemlich enttäuscht.«

Der Marquis erzählte ihr von seinen Pferden zu Haus in England. Vor allem schwärmte er von einem Hengst, mit dem er zahlreiche Hindernisrennen gewonnen hatte.

Erstaunt stellte er fest, daß Leila nicht nur eine aufmerksame Zuhörerin war, sondern auch eine Menge von Pferden verstand und äußerst intelligente Fragen an ihn richtete.

Die meisten Frauen, die er kannte, ritten einfach nur durch den Park, weil es Mode war.

Von Pferden selbst verstanden sie wenig. Höchstens so viel, daß sie sich zum Ausritt stets ein lammfrommes Tier wünschten, mit dem es möglichst wenig Schwierigkeiten geben würde.

Irgendwie glaubte er, daß Leila, so zerbrechlich und zart sie auch wirkte, eine gute Reiterin war.

Im Grunde konnte man Reiten nicht lernen, es gehörte dazu einfach eine natürliche Begabung und vor allem eine echte Liebe zu den Tieren selbst.

Wenn einmal eine Pause in ihrer Unterhaltung über Pferde eintrat, schaute Leila aus dem Wagenfenster und bewunderte die Windmühlen.

Der Marquis erklärte ihr, wie sie die Wassermenge in den Kanälen regulierten, und er war überrascht, als ihm bewußt wurde, daß Leila ihm mit wirklichem Interesse zuhörte.

Kein Wunder, daß die Fahrt wie im Flug verging.

Dann fuhren sie durch die Straßen Amsterdams und näherten sich der Heerengracht.

Leila stieß immer wieder entzückte kleine Schreie aus

beim Anblick der herrlichen Häuser, an denen die Kutsche vorüberrollte.

»Ich dachte mir, sie würden Ihnen gefallen«, sagte er. »Die Heerengracht ist der schönste Kanal von ganz Amsterdam, und ich glaube, das schönste Haus darin ist das meines Freundes Graf Hans Ruysdaal, bei dem ich wohne.«

»Dann wohnen Sie nicht auf Ihrer Yacht?« fragte Leila.

»Nein, für die Zeit meines Aufenthalts hier bin ich Gast meines Freundes«, gab der Marquis zur Antwort. »Diese Nacht sind Sie und Nanny also allein auf der *Heron,* und morgen laufen wir nach England aus.«

Er bemerkte, daß ein Schatten Leilas Gesicht überzog.

Der Wunsch, den Grund zu erfahren, weshalb sie sich vor der Rückkehr nach England fürchtete, verstärkte sich in ihm.

Er fragte sich, ob ihre Angst einem Mann galt.

Und er ertappte sich bei dem Gedanken, daß er imstande war einen Menschen zu töten, der etwas so Zartes und Zerbrechliches wie dieses Mädchen ängstigen konnte.

Er hatte den Zorn noch nicht vergessen, der in ihm hochgestiegen war, als er sah, wie Niklas van Alnradt auf Leila einschlug.

Er hielt dies für eine natürliche Reaktion, die jeder anständige Mann verspürte, der mitansehen mußte, wie eine Frau geschlagen wurde.

Dennoch war er sich auch darüber klar, daß es mehr war als das.

Sie fuhren weiter die Heerengracht entlang, und als sie sich dem Haus des Grafen näherten, sah der Marquis ihn in der offenen Haustür stehen.

Es war offensichtlich, daß es ihn überraschte, den Marquis nicht allein im Wagen zu sehen. Und die Überraschung wuchs noch, als sein Freund nicht vor dem Haus halten, sondern weiterfahren ließ bis zu dem Platz, an dem die *Heron* vor Anker lag.

Die Yacht sah sehr eindrucksvoll aus mit der weißen Flagge, die am Bug im Wind flatterte.

Leila betrachtete das Schiff fasziniert.

»Es ist viel größer, als ich es mir vorgestellt habe«, sagte sie. »Es muß furchtbar aufregend sein, ein eigenes Schiff zu besitzen!«

»Ich hoffe, Sie werden es bequem genug haben«, erwiderte der Marquis nur.

Sie gingen an Bord, und der Marquis stellte sie dem Kapitän vor und teilte ihm gleichzeitig mit, daß sie am nächsten Morgen die Anker lichten und Richtung England in See stechen würden.

Dann führte er Leila in den Salon, den sie ganz bezaubernd fand.

Anschließend gingen sie unter Deck, wo er ihr und Nanny die Kabinen zeigte, die sie während der Reise bewohnen würden.

»Ich bin noch nie auf einer Yacht gewesen«, sagte Leila, »und sie kommt mir vor wie ein verwunschenes Puppenhaus.«

Der Marquis lachte.

Ihm kam plötzlich die Idee, es müßte amüsant sein, Leila eine Menge Dinge zu zeigen, die sie zuvor noch nie gesehen hatte — und vielleicht auch eine Reihe von Orten und Ländern, an denen sie noch nie gewesen war.

Doch dann rief er sich zur Ordnung und erinnerte sich daran, daß er Frauen ja gar nicht mehr mochte.

Und was Leila betraf, sollte sie keine Ausnahme bilden.

Er erfüllte ihr gegenüber nur eine Pflicht, indem er das Mädchen, das im Grunde genommen noch ein Kind und ohne Hilfe war, nach England zurückbrachte.

Als sie wieder in den Salon kamen, fanden sie dort Graf Hans van Ruysdaal vor.

»Ich dachte schon, du wolltest die Flucht vor mir ergreifen, Carew!« sagte dieser.

Der Marquis sah ihn amüsiert an. Er wußte, daß der Freund ihm aus lauter Neugier gefolgt war.

Während er Leila den Grafen vorstellte, sagte er zu ihr: »Graf Hans ist mir ein sehr großzügiger Gastgeber gewesen, während ich in Holland weilte.«

Der Graf streckte ihr die Hand entgegen.

»Ich hörte, Sie waren zu Besuch bei Ihrer Tante«, sagte er. »Doch weshalb verlassen sie Holland schon so schnell wieder?«

»Die Baroneß ist heute morgen verstorben«, erklärte der Marquis, noch bevor Leila etwas sagen konnte, »und Miß Cavendish hatte während ihres Aufenthalts in Den Haag einige sehr unangenehme Erlebnisse.«

»Oh, das tut mir leid«, erwiderte der Graf. »Und leid tut mir vor allem, daß ihr beiden morgen schon wieder abreisen wollt.«

»Mir tut es auch leid«, gestand der Marquis, »aber dank deiner Hilfe, hat sich der Besuch in Amsterdam für mich gelohnt, denn ich habe gefunden, was ich suchte.«

»So viel war es ja nicht, was ich für dich tun konnte«, meinte der Graf. »Doch im Haus habe ich noch zwei weitere Bilder, von denen ich annehme, daß sie dir gefallen werden.«

»Ich werde kommen und sie mir ansehen«, versprach der Marquis.

Während des kurzen Gesprächs mit Hans war ihm nicht entgangen, daß dieser keine Sekunde den Blick von Leila abgewendet hatte. Dabei machte der Freund ein Gesicht, welches absolute Fassungslosigkeit ausdrückte. So sah ein Mann aus, der ein Gespenst erblickte oder seinen Augen nicht traute.

Dann sagte Graf Hans: »Ich hoffe, du hast nichts dagegen, wenn ich Miß Cavendish bitte, heute abend mit uns zu speisen. Zufällig habe ich schon eine Freundin eingeladen, die dich gerne kennenlernen möchte, und es würde unsere kleine Party auf angenehme Weise vervollständigen, wenn Miß Cavendish uns dabei Gesellschaft leisten würde.«

Der Marquis bemerkte das erregte Aufleuchten in Leilas Augen. Sie schien begeistert zu sein von dem Vorschlag, schwieg jedoch und schaute den Marquis abwartend an, weil sie es wohl für inkorrekt hielt, wenn sie die Einladung annahm.

Ohne daß sie etwas sagte, wußte er: sie war äußerst bedacht darauf, nicht gegen die gesellschaftlichen Spielregeln zu verstoßen und irgendeinen Fauxpas zu begehen.

Gleichzeitig aber wollte sie nicht allein sein, ohne den Schutz, den seine Gegenwart ihr garantierte.

»Ich glaube das ist eine ausgezeichnete Idee, Hans«, sagte er zum Grafen. »Vielleicht kann dein Wagen Miß Cavendish eine Stunde vor Beginn des Dinners am Liegeplatz meiner Yacht abholen.«

»Genau das wollte ich vorschlagen«, entgegnete der Graf mit einem leisen Ton des Vorwurfs in der Stimme, so als hätte er den Eindruck, der Marquis wollte ihm beibringen, wie er sich zu verhalten hätte.

Dann sagte er zu Leila voller Herzlichkeit: »Bitte, geben Sie mir die Ehre! Ich würde Ihnen so gerne meine Bilder zeigen, versichere Ihnen aber, daß ich nichts besitze, was sich mit Ihrer Schönheit messen könnte.«

Der Marquis spürte ein Gefühl der Verärgerung in sich aufsteigen. Es war nicht richtig von Graf Hans, Leila auf eine Art Komplimente zu machen, wie er es sonst älteren Frauen gegenüber tat!

Er schritt auf die Tür des Salons zu.

»Komm, Hans!« forderte er den Freund auf. »Bevor ich mich zum Dinner umkleide, ist noch genügend Zeit, mir in Ruhe die Bilder anzusehen, die du für mich ausgesucht hast. Wie du ja selbst immer sagst, ist es ein Fehler, sich beim Bilderkauf keine Zeit zu nehmen.«

Der Graf hatte nur mit halbem Ohr hingehört. Hingebungsvoll hielt er Leilas Hand umfaßt.

»Ich zähle die Minuten, bis ich Sie wiedersehe«, sagte er mit schmeichelnder Stimme.

Leila errötete, als der Graf ihre Hand an seine Lippen führte.

Dann gab der Holländer ihre Hand frei und folgte dem Marquis, der bereits von Bord gegangen war und die wartende Kutsche bestieg, die der Fahrer in der Zwischenzeit am Ende des Kanals gewendet hatte.

Während sich das Gefährt in Bewegung setzte, sagte der Marquis ungewöhnlich scharf: »Miß Cavendish ist noch sehr jung und unerfahren, Hans. Es wäre ein Fehler, sie zu erschrecken.«

»Sie zu erschrecken?« fragte Graf Hans überrascht. »Ich habe noch nie eine Frau getroffen, die ein Kompliment erschreckt hätte!«

»Dann laß dir von mir versichern, daß sie sogar äußerst schreckhaft und ängstlich ist!« sagte der Marquis. Er sprach derart gereizt, daß der Freund ihn erstaunt anschaute.

Dann lachte Graf Hans plötzlich.

»Ah, daher weht der Wind!« meinte er schmunzelnd. »Und du möchtest, daß ich die Finger von ihr lasse, nicht wahr? Tut mir leid, Carew, aber ich habe geglaubt, es wäre dir ernst gewesen, als du mir erzähltest, du hättest die Frauen endgültig satt.«

»Es hat damit nichts zu tun!« erwiderte der Marquis voller Schärfe. »Ich fühle mich nur für eine Landsmännin verantwortlich, die in Not ist und Hilfe braucht.«

»Ich halte Verantwortung für ein ziemlich unangemessenes Wort, wenn es darum geht, eine Beziehung zu diesem herrlichen, frühlingshaft-schönen Wesen zu beschreiben«, blieb der Graf ungerührt bei seiner Meinung.

Es geschah in diesem Augenblick, daß der Marquis plötzlich und auf unerklärliche Weise auf einen Freund wütend wurde, dessen Gesellschaft er in der Vergangenheit stets sehr genossen hatte.

*

Auf der Yacht fragte sich Leila, ob es nicht sehr unpassend oder sogar falsch sei, wenn sie noch am selben Tag, an dem ihre Tante verstorben war, zu einem Dinner ginge.

Zur gleichen Zeit war sie sich darüber im klaren, daß sie sich allein auf der Yacht sehr einsam und elend fühlen würde.

Es würde schwierig sein, an etwas anderes zu denken als an das Problem, das sich ihr schon innerhalb weniger Tage mit bedrohlicher Eindringlichkeit stellen würde:

Was sollte sie tun, wenn sie wieder in England war? Wohin sollte sie gehen, wo sie und Nanny vor dem Zugriff des Stiefvaters sicher sein konnten?

»Der Marquis ist so freundlich«, sagte sie halblaut. »Ich bin sicher, daß es das beste ist, wenn ich seinen Rat befolge und wieder nach Haus gehe.«

Sie dachte auch, daß sie mit dem Geld, über das sie und Nanny verfügten, in England eher auskommen würden als in Den Haag, wo sie nach dem Tod der Tante selbst für ihre Unterbringung hätten aufkommen müssen.

Allerdings hatte sie keine Ahnung, wo sie eine preiswerte Unterkunft finden konnte.

Sie versuchte, sich an die Freunde ihrer Eltern zu Hause auf dem Land zu erinnern, und überlegte, ob sie einen davon bitten könnte, sie vor ihrem Stiefvater zu verstecken.

Das Ergebnis war wenig zufriedenstellend, denn sie hatte das unbehagliche Gefühl, man würde sie für eigensinnig und äußerst undankbar halten und überhaupt nicht verstehen, daß sie sich seinen Wünschen widersetzte.

»Was können wir tun, Nanny?« fragte sie die alte Kinderfrau, nachdem sie sich gewaschen und ihr Nachtgewand angezogen hatte.

»Ich wünschte, ich wüßte es, Deary«, antwortete Nanny. »Ich zerbreche mir über diese Frage schon den Kopf, seit wir das Haus Ihrer Tante verlassen haben, wo wir uns einigermaßen sicher fühlen konnten.«

»Aber es muß doch eine Lösung geben!« rief Leila verzweifelt.

»Wir können nur auf Gott vertrauen«, sagte Nanny. »Oder vielleicht hat Seine Lordschaft ein kleines Häuschen, wo wir unterkriechen können.«

In Leilas Augen leuchtete es.

»Das ist eine großartige Idee, Nanny«, rief sie. »Ich weiß nicht, weshalb ich nicht schon selbst daran gedacht habe!«

Doch dann sagte sie sich, daß es ziemlich unverschämt wäre, den Marquis auch noch darum zu bitten, nachdem er schon so viel für sie getan hatte.

Außerdem dachte sie, daß es falsch wäre, über diese Angelegenheit mit ihm zu sprechen, ehe sie in England eingetroffen waren.

*

Der Wagen des Grafen wartete auf Leila und fuhr sie das kurze Stück bis zu seinem Haus.

Als sie ausstieg, stand der Marquis bereits auf der Freitreppe, um sie zu begrüßen.

»Sie sind sehr pünktlich — im Gegensatz zu anderen Frauen«, bemerkte er.

»Mama sagte immer, es sei unhöflich, zu spät zu kommen«, erwiderte Leila. »Und außerdem bin ich hungrig.«

Der Marquis lachte.

Er führte sie in den Salon, wo der Gast, den der Graf eigens für ihn eingeladen hatte, bereits anwesend war.

Es war eine sehr attraktive Französin, die mit einem holländischen Diplomaten verheiratet war, der im Moment zu einem Besuch in Deutschland weilte.

Sie war nicht ausgesprochen schön, besaß jedoch einen typisch französischen Reiz.

Außerdem war sie außergewöhnlich *chic* gekleidet, und man sah auf den ersten Blick, daß das Kleid, das sie trug, nur aus Paris stammen konnte.

Mit einem Mann einfach und natürlich zu sprechen,

schien ihr unmöglich zu sein. Sie kokettierte und flirtete mit ihm, bei jedem Wort, das sie sagte. Und jeder Blick aus ihren dunklen Augen, jedes Mienenspiel und jede Bewegung ihres Körpers unterstützten sie dabei.

In der Zeit, in der sie bereits im Haus des Grafen weilte, hatte sie nichts unversucht gelassen, den Marquis zu umgarnen und für sich einzunehmen — was ja wohl auch der Zweck der Einladung gewesen war, wie sie sehr wohl wußte.

Als Leila den Raum betrat, hatten beide, der Marquis und der Graf, das Gefühl, als brächte sie den Sonnenschein mit, und sie erschien ihnen wie die Verkörperung der Jugend.

Sie blickte die Französin aus großen bewundernden Augen an und war viel zu unschuldig, um den Doppelsinn dessen zu erkennen, der in allem lag, was die exotische Frau sprach.

Dennoch dachte der Marquis amüsiert, daß weder er noch sein Freund es fertigbrachten, den Blick für längere Zeit von Leila abzuwenden, obwohl die Vorstellung, die die elegante Französin in der Kunst der Verführung gab, an Perfektion kaum noch zu überbieten war.

Sie redeten und lachten miteinander, und obgleich Leila nichts verstand und sich nicht imstande sah, an der Unterhaltung der drei teilzunehmen, war sie glücklich, weil der Marquis da war.

Im Augenblick vermochte sie völlig zu vergessen, was die Zukunft für sie bereithielt.

Nach dem Dinner suchten nach französischem Brauch alle zusammen das Wohnzimmer auf. Die Herren blieben nicht im Speisezimmer zurück, um ihren Port zu trinken, wie es in England üblich war.

Der Marquis sagte zu Leila: »Ich habe mich gefragt, ob Sie neben all Ihren anderen Fähigkeiten nicht auch Klavier spielen können.«

»Ein wenig schon«, gab sie zur Antwort.

»Dann schlage ich vor, Sie versuchen einmal herauszufinden, was Sie dem sehr beeindruckenden Instrument dort drüben in der Ecke des Zimmers an Tönen zu entlocken vermögen.«

Es war ein herrlicher Flügel, den, wie der Graf gestand, seine Mutter ihm geschenkt hatte und der außer von Gästen leider nur selten benutzt wurde.

Leila ließ ihre Finger über die Tasten gleiten.

Sofort war dem Marquis klar, er hatte richtig gelegen mit der Vermutung, daß Leila nicht nur ein künstlerisches Auge, sondern auch eine musikalische Begabung besaß.

Er hatte sie zum Spielen aufgefordert, weil er zu spüren glaubte, daß der größte Teil der Unterhaltung, der sie hatte beiwohnen müssen, für sie äußerst verwirrend gewesen sein mußte.

Es überraschte ihn nicht, als sich die Vicomtesse neben ihn setzte.

Sie flirtete mit ihm mit einer leisen Stimme, die er früher, als er von den Frauen noch nicht enttäuscht worden war, gewiß äußerst anziehend und verführerisch gefunden hätte.

Nun stellte er fest, daß er der Französin kaum noch zuhörte. Im Gegenteil starrte er gereizt zu dem Grafen hinüber, der sich in der Nähe des Flügels niedergelassen hatte und Leila wie ein verliebter Schuljunge unentwegt in die Augen schaute.

Verdammt, er soll das Mädchen in Ruhe lassen, sie ist zu jung für so etwas, dachte er wütend.

Er bemerkte, daß der Redefluß der Vicomtesse jäh versiegte und diese ihm einen vorwurfsvollen Blick zuwarf, weil er ihr nicht zuhörte.

Leila spielte zunächst eine Nocturne von Chopin, danach ein sanftes romantisches Stück von Strauss.

Während des Spiels dachte sie, wie gut der Marquis aussah, und verspürte plötzlich den unwiderstehlichen Wunsch, mithören zu können, was die Vicomtesse ihm zuflüsterte.

Sie dachte, diese Frau wäre genau der Typ, der dem Marquis gefiel, und mit einem Mädchen wie ihr würde er sich im Grunde nur langweilen.

Sicher war er nur nett zu ihr, weil sie Engländerin war.

Er ist nicht nur gutaussehend und eine wirkliche Persönlichkeit, sondern auch sehr klug und intelligent, überlegte sie. Er muß mich doch äußerst fad finden, denn ich habe nicht die geringste Ahnung von den Dingen, die ihn interessieren, Pferde und Bilder vielleicht ausgenommen.

Sie begriff nicht, weshalb sie plötzlich so bedrückt war, und dachte, es müßte wohl daran liegen, daß sie müde war.

Der Tag war sehr aufregend gewesen.

Nanny hatte einen entsetzten Schrei ausgestoßen, als sie ihr beim Umkleiden half und den großen blauen Fleck auf ihrer Schulter sah, wo Niklas van Alnradt sie zweimal mit der Faust getroffen hatte.

Die Schmerzen wurden immer stärker an der Stelle, die inzwischen bestimmt noch dunkler geworden war.

Sie konnte froh sein, daß Niklas sie nicht ins Gesicht geschlagen hatte. Andererseits spürte sie, daß das Klavierspielen immer anstrengender für sie wurde.

Sie beendete das Stück und erhob sich ein wenig unsicher.

»Bitte, spielen Sie doch weiter!« bat der Graf. »Ich bin von Ihrem Spiel genauso begeistert wie von Ihrer Schönheit.«

Er sprach mit leiser Stimme, so daß der Marquis und die Vicomtesse nicht mithören konnten, doch Leila wich einen Schritt vor ihm zurück und sagte zum Marquis: »Obwohl es ein wunderschöner Abend war, glaube ich, ich sollte jetzt auf die Yacht zurückkehren.«

Der Marquis stand auf.

»Gewiß haben Sie recht, denn sie müssen sehr müde sein. Ich werde Sie aufs Schiff bringen.«

»Nein, nein, bitte ... ich komme schon allein zurecht«, wehrte Leila ab.

Der Marquis ignorierte ihren Protest und sagte zum Grafen: »Steht dein Wagen draußen, Hans?«

»Natürlich«, erwiderte der Graf.

Leila wünschte der Vicomtesse eine gute Nacht, und sie bedankte sich bei dem Grafen herzlich für die Einladung.

»Ich werde morgen versuchen, Sie noch einmal zu sehen, falls Seine Lordschaft Sie nicht schon nach England entführt hat«, sagte er.

Er trat noch ein wenig näher auf sie zu und fuhr fort: »Ich werde Sie nie vergessen, und ich hoffe, Sie wiederzusehen, wenn ich demnächst nach England komme.«

»Danke«, antwortete Leila und wußte, daß sie ihm nicht einmal eine Adresse sagen konnte.

Sie ging zur Tür, und der Marquis folgte ihr in die Halle.

»Ich möchte Sie Ihren Freunden nicht entführen«, sagte sie leise. »Ich werde schon allein zum Schiff zurückfinden.«

»Ich komme mit«, entgegnete der Marquis mit fester Stimme.

Er nahm dem Diener den Umhang ab, den dieser für Leila bereithielt, und legte ihn ihr um die Schultern.

Dann half er ihr die Stufen hinunter und in die Kutsche.

Sie fragte sich, weshalb sie plötzlich ein Schauder überlief, als er sie berührte.

Und nachdem sie beide eingestiegen waren und nebeneinander Platz genommen hatten, wünschte sich Leila inbrünstig, es wäre bis zur Yacht keine gar so kurze Strecke zurückzulegen.

Sie hätte sich gerne mit ihm unterhalten, wozu sie leider den ganzen Abend über keine Gelegenheit gefunden hatte.

Die Yacht bot einen sehr romantischen Anblick, mit den vielen Lichtern, die an Deck und in der Takelage brannten und deren Reflexe sich tanzend auf der Wasseroberfläche des Kanals brachen.

Zudem schien der Mond. Sein silbernes Licht sickerte durch das Blattwerk der Bäume, unter denen sie dahinfuhren, und ließ alle Dinge um sie herum wie verzaubert erscheinen.

An der Anlegestelle angekommen, stieg Leila aus. Sie rechnete damit, daß der Marquis sich von ihr verabschieden und dann zum Haus seines Freundes zurückkehren würde.

Gerade wollte sie die Gangway hinaufgehen, als sie den Marquis zum Kutscher sagen hörte: »Ich werde zu Fuß zurückgehen, Sie brauchen nicht auf mich zu warten.«

Leilas Herz machte einen Freudensprung, weil er sie noch nicht sofort verlassen würde.

Sehnsüchtig schaute sie zu ihm empor, als er neben sie trat.

Er aber sah sie vor sich stehen, im Hintergrund die Yacht mit ihren Lichtern, die tanzenden Reflexe auf dem Kanal und den leuchtenden, hochgewölbten Sternenhimmel über ihr, und er war hingerissen von diesem Anblick.

Es ist ein Bild, dachte er, wie kein Künstler es schöner auf eine Leinwand zu bannen vermag.

Einen langen Augenblick verharrten sie reglos, schauten einander in die Augen, und in der stillen Mondnacht schienen Worte zu ertönen, die keiner von ihnen ausgesprochen hatte.

Dann gab sich Leila einen Ruck, wandte sich um und ging die Gangway hinauf an Bord.

Der Marquis folgte ihr.

Im Salon angelangt, sagte er: »Das war ein langer Tag für Sie, und ich habe das Bedürfnis, Ihnen zu sagen, daß Sie sehr tapfer waren. Ich weiß, Ihr Vater wäre stolz auf Sie gewesen.«

Weil er so freundlich zu ihr sprach, fühlte Leila, wie sich ihre Augen mit Tränen füllten, und sie erwiderte flüsternd: »Es ist einfach wundervoll, daß Sie das zu mir sagen. Und Papa wäre Ihnen sehr dankbar gewesen für die Freundlichkeit und das Verständnis, die Sie mir gezeigt haben.«

Der Marquis ließ sich in einem der bequemen Sessel nieder.

Weil sie erkannte, daß er nicht vorhatte, sie gleich wieder zu verlassen, nahm sie in seiner Nähe Platz, öffnete dabei den Umhang und ließ ihn von den Schultern gleiten.

Das Kleid, das sie trug, stammte aus Florenz, es war sehr elegant, und sie wirkte ungemein jung und grazil darin.

Außerdem betonte es ihre knospenden Brüste und ihre schmale Taille.

»Ich habe mich gefragt, Leila, was ich mit Ihnen machen soll, wenn wir wieder in England sind«, sagte der Marquis.

»Ich . . . ich werde schon zurechtkommen«, antwortete Leila stockend.

Um alles in der Welt wollte sie ihm nicht zur Last fallen.

»Was haben Sie heute abend gedacht, als der Graf Ihnen derart ungewöhnliche Komplimente machte?« fragte der Marquis unerwartet. »Hat er Sie damit in Verlegenheit gebracht?«

»Wenn meine Freundinnen mich in den Schulferien mit nach Hause zu ihren Familien mitnahmen, passierte es häufig, daß ihre Brüder mir Komplimente machten, aber da es Italiener waren, habe ich das, was sie sagten, nie besonders ernst genommen.«

»Und diesen Eindruck hatten Sie auch bei den Komplimenten des Grafen?« fragte der Marquis scharf.

Leila schwieg einen Moment, als hätte er sie vor ein Problem gestellt.

Dann erwiderte sie: »Seine Komplimente waren schon ernst gemeint, aber irgendwie wirkten sie ein wenig abgegriffen auf mich — so, als hätte er sie zuvor schon einer Reihe anderer Frauen gemacht.«

Der Marquis lachte, und es war ein befreites, ungezwungenes Lachen.

Eine so treffende und scharfsinnige Bemerkung hatte

er von Leila nicht erwartet. Sie hatte mit ihren Worten tatsächlich den Nagel auf den Kopf getroffen.

»Sie werden diese Erfahrung gewiß überall machen, gleichgültig, wohin Sie gehen werden«, bemerkte er. »Die Männer werden Ihnen stets viele schmeichelhafte Dinge sagen. Das ist auch der Grund, weshalb Sie mir unbedingt verraten müssen, wovor Sie solche Angst haben und wer es ist, vor dem Sie davongelaufen sind.«

Er sah Leilas angstgeweitete blaue Augen, fuhr aber dennoch fort: »Sie können nicht von mir erwarten, daß ich Sie einfach auf englischem Boden absetze und dann vergesse. Falls Sie nicht zu Ihren Verwandten gehen wollen, könnte ich vielleicht jemanden in meiner Familie finden, der sich um Sie kümmert und Sie in die große Gesellschaft einführt, wo Sie bestimmt sehr erfolgreich sein werden.«

Leila hielt den Atem an.

Dann stammelte sie: »Das ist außerordentlich nett von Ihnen, Mylord, aber davon kann keine Rede sein.«

»Warum nicht?« fragte der Marquis.

»Weil ich mich versteckt halten muß! Unter keinen Umständen kann ich mich in der Öffentlichkeit zeigen. Nirgendwo! Ihre Verwandten würden verständlicherweise mehr über mich wissen wollen. Aber das ist unmöglich. Meine Herkunft und meine Vergangenheit müssen ein Geheimnis bleiben.«

Der Marquis lehnte sich im Sessel zurück.

»Nun seien Sie einmal vernünftig, Leila«, sagte er. »Verraten Sie mir, was Sie ängstigt. Ich werde dann schon eine Lösung für Ihr Problem finden. Vergessen Sie nicht, bei einigem Nachdenken findet sich für jede Schwierigkeit eine Lösung.«

»Nicht in meinem Fall«, erwiderte sie mit einem leisen Seufzer.

»Kommen Sie schon!« bat er sie. »Reden Sie endlich!«

Sie gab einen Laut von sich, der fast wie der erstickte Schrei eines gequälten Tieres klang. Dann sprang sie plötzlich aus ihrem Sessel auf und warf sich vor ihm auf die Knie.

Flehend blickte sie zu ihm auf, die Augen angstgeweitet, und sagte mit zitternden Lippen: »Bitte, zwingen Sie mich nicht dazu! Wenn ich es Ihnen sage, werden Sie bestimmt denken, es wäre töricht von mir gewesen davonzulaufen und ich hätte unter allen Umständen tun müssen, was man von mir verlangte.«

Wieder entrang sich ihrer Brust ein klagender Seufzer, bevor sie fortfuhr: »Wenn ich das tun müßte, ich . . . ich schwöre Ihnen, lieber stürze ich mich von einem Felsen ins Meer oder nehme mir sonstwie das Leben!«

Ihre Stimme klang derart verzweifelt und gleichzeitig so entschlossen, daß der Marquis sie nun erstaunt anschaute.

Bis zu diesem Augenblick war sie bewundernswert gefaßt gewesen.

Er konnte es nicht glauben, daß sie noch dasselbe Mädchen war, das sich beim Tode der Tante so beherrscht und stark gezeigt hatte.

Sehr sanft und behutsam, um sie nicht noch mehr zu ängstigen, legte er seine Hand auf ihren Arm.

»Nun hören Sie, Leila«, sagte er. »Ich werde Sie zu nichts zwingen, was Sie nicht von sich aus zu tun bereit sind und was sie so aufregen würde, wie Sie es in diesem Moment sind!«

Aus tränenverschleierten Augen sah sie zu ihm auf.

»Ist das . . . ist das wirklich Ihr Ernst?« fragte sie mit erstickter Stimme.

»Ich schwöre«, antwortete er feierlich. »Und ich werde Ihnen nur auf die Weise helfen, die Ihnen richtig erscheint. Also, keinen Zwang — und keine Hilfe, mit der Sie nicht voll und ganz einverstanden sind!«

Sie seufzte erleichtert und ließ den Kopf sinken, so daß er sekundenlang auf seiner Hand ruhte.

Er spürte die Zartheit ihrer Lippen, doch er wußte, daß es kein Kuß war, den sie ihm gab, sondern daß sie mit dieser Berührung nur ausdrücken wollte, wie sehr sie sich in seiner Nähe geborgen fühlte.

In ihren Augen war er ein Hort der Sicherheit, ein Fels in der Brandung, ein Märchenheld, der gekommen war, um sie zu befreien.

Und damit unterschied sie sich von allen anderen Frauen, die er je zuvor in seinem Leben kennengelernt hatte.

Plötzlich wurde ihr bewußt, daß er auf ihre Antwort wartete, und sie flüsterte so leise, daß er sie kaum verstehen konnte: »Ich . . . ich bin weggelaufen, weil mein Stiefvater, der gleichzeitig auch mein Vormund ist, mich zwingen wollte, einen Mann zu heiraten, den ich nur zweimal in meinem Leben gesehen habe und der schon alt und ganz widerwärtig ist.«

Leila hob die Augen und schaute ihm ins Gesicht, und der Marquis konnte spüren, wie sie am ganzen Leibe zitterte.

Vor allem ihre Brüste, die sein Bein berührten, hoben und senkten sich heftig.

»Und wer ist Ihr Stiefvater?« fragte er.

Einen Moment lang glaubte er, sie würde ihm nicht antworten, doch dann sagte sie mit der selben leisen Stimme wie vorhin: »Sein Name ist Sir Robert Lawson, und er wohnt in den Türmen bei Great Milton in Oxfordshire.«

Bei diesen Worten durchzuckte sie der Gedanke, daß sie verloren sein würde, wenn sich der Marquis jetzt gegen sie stellte.

Ja, es würde ihren Tod bedeuten, wenn er sie zu Sir Robert zurückschicken sollte.

»Ich habe von ihm gehört, weil er eine Anzahl Rennpferde besitzt«, sagte der Marquis. »Aber er hat kein Recht, Sie mit jemandem zu verheiraten, den Sie so abstoßend finden.«

»Er hat das einmal so beschlossen, und er wird nicht eher Ruhe geben, bis ich mich seinem Willen gebeugt habe«, sagte Leila leise.

»In dem Fall werden Sie sich weiter versteckt halten müssen, bis Sir Robert sein Vorhaben geändert hat«, erwiderte der Marquis ruhig.

Leila stieß einen Schrei aus und hob den Kopf.

»Ist das Ihr Ernst, ist das wirklich Ihr Ernst?« rief sie. »Sie werden mich nicht zwingen, zu ihm zurückzukehren?«

»Nein, natürlich nicht«, gab der Marquis zur Antwort. »Wie können Sie nur annehmen, ich würde etwas so Grausames von Ihnen verlangen!«

»Oh, danke, vielen herzlichen Dank. Ich weiß, weil mein Stiefvater sehr reich ist und Mister Hopthorne ebenfalls als sehr vermögend gilt, denkt jedermann, ich sollte mich glücklich schätzen, weil ich nicht mehr arm zu sein brauchte. Aber ich würde lieber in einer Dachkammer leben, als mit einem Mann verheiratet zu sein, den ich nicht liebe!«

Der Marquis dachte, daß es in der großen Gesellschaft nur wenige Frauen gab, die so dachten und empfanden wie Leila.

Er konnte verstehen, daß sie zu sensibel war, um an eine Zweckheirat zu denken, selbst wenn alles, was sie im Haus des ungeliebten Mannes berührte, aus Gold gewesen wäre.

»Sie haben kein eigenes Geld?« fragte er ruhig.

»Wir waren völlig mittellos, nachdem Papa gefallen war«, entgegnete Leila. »Und ich glaube, Mama heiratete Sir Robert nur, weil sie für mich eine angemessene Erziehung wollte.«

Sie holte tief Luft, bevor sie hinzufügte: »Er war freundlich und großzügig, solange Mama lebte. Doch nun, da sie tot ist, ist er anders, ganz anders geworden. Und vor allem ist er sehr beeindruckt von Mister Hopthorne, und will unbedingt, daß ich dessen Frau werde.«

»Wenn das so ist, sollten wir alles tun, um es zu verhindern«, sagte der Marquis.

Doch bei diesen Worten fragte er sich, wie Leila dies auf lange Sicht bewerkstelligen wollte.

Jetzt, nachdem er ihre Geschichte kannte, war er sich sehr wohl bewußt, wie schwierig es für ein junges Mädchen war, sich auf die Dauer dem Willen seines Vormunds zu widersetzen.

Auch gab er Leila recht, wenn sie glaubte, daß im Gegensatz zu ihm die Mehrzahl der Menschen sicher der Meinung war, daß eine solche Heirat nur zu Leilas Besten, wäre.

Da sie kein Vermögen besaß und nichts anderes ihr eigen nannte als ein hübsches Gesicht, so die landläufige Auffassung, mußte sie sich glücklich schätzen, einen wohlhabenden Mann zu bekommen.

Dann wurde ihm bewußt, daß Leila zu ihm aufschaute, als wäre er Zeus, der Herr der Götter, der alle ihre Probleme im Nu zu lösen vermochte.

»Sie werden mir doch helfen, nicht wahr?« wollte sie wissen, und in ihrer Stimme schwang ein singender Tonfall mit.

»Ich gebe Ihnen mein Wort, daß ich alles tun werde, was in meinen Kräften steht«, versprach der Marquis. »Aber Sie müssen sich darüber im klaren sein, daß es nicht einfach sein wird.«

»Alles, was ich möchte, ist ein Versteck, wo mein Stiefvater mich nicht finden kann«, sagte Leila.

Sie zögerte, ehe sie hinzufügte: »Nanny meinte, Sie hätten vielleicht ein Cottage auf Ihrem Gutsgelände . . .«

Sie blickte den Marquis an und sagte rasch: »Nur ein ganz kleines natürlich, und ich würde Ihnen bestimmt nicht zur Last fallen oder irgendwelchen Ärger machen, aber ich bin überzeugt, allein weil Sie in der Nähe wären und weil es Ihr Land ist, auf dem ich lebte, würde ich mich sicher und . . . und geborgen fühlen.«

»Es wäre eine Möglichkeit«, sagte der Marquis. »Wir werden uns auf dem Weg nach England ausführlich darüber unterhalten müssen.«

Er nahm die Hand von ihrem Arm und sagte: »Und nun, glaube ich, sollten Sie zu Bett gehen. Versuchen Sie zu schlafen. Sie brauchen den Schlaf, und selbst wenn Sie erst zu Hause wieder aufwachen sollten, ich werde volles Verständnis dafür haben.«

»Ich werde . . . ich möchte aufwachen, sobald Sie an

Bord kommen«, erwiderte Leila. Langsam erhob sie sich — in einer äußerst grazilen und anmutigen Bewegung.

Auch der Marquis stand auf und legte ihr den Arm um die Schulter, während sie zur Tür gingen.

»Nun legen Sie sich gleich hin«, sagte er, »und machen Sie sich keine Sorgen. Überlassen Sie einfach alles mir.«

»Das werde ich tun«, erwiderte Leila. »Und vielen, vielen Dank dafür, daß Sie so — wunderbar sind.«

Sie sah so liebreizend aus, als sie sprach, so jung und hilflos, daß der Marquis sie unwillkürlich fester an sich zog.

»Ich bin sicher, alles wird gut werden«, tröstete er sie.

Ohne zu überlegen, was er tat, beugte er sich zu ihr hinab und küßte sie auf die Wange.

Er spürte wie ein Zittern ihren zarten Körper durchlief, und auch bei sich selber stellte er eine überraschende Reaktion fest.

Im nächsten Moment ließ er sie los, weil er dachte, daß er sich unschicklich verhalten hätte. Dann öffnete er ihr wortlos die Tür und trat hinter ihr aufs Deck hinaus.

»Gute Nacht, Leila«, sagte er. »Wir sehen uns morgen.«

Er eilte über die Gangway an Land und entfernte sich mit schnellen Schritten die Heerengracht hinunter.

Während er unter den Bäumen dem Haus des Grafen zuschritt, war er sich bewußt, daß sie ihm nachblickte.

Augenblicklich beschleunigte er seine Schritte noch mehr.

Er lief davon — nicht vor Leila, sondern vor seinen eigenen Gefühlen und vor dem Aufruhr, den sie in seinem Inneren bewirkten.

KAPITEL SIEBEN

Leila lag im Bett und dachte an den Marquis. Die Frage ließ sie nicht los, ob er die Gesellschaft der Vicomtesse genießen würde, nachdem er zum Haus des Grafen zurückgekehrt war.

Er war so freundlich und verständnisvoll zu ihr gewesen, nachdem sie ihm ihr Geheimnis verraten hatte; daß sie das Gefühl hatte, eine nie gekannte Erregung wäre nach seinem Fortgang in ihr ausgebrochen.

»Er ist wundervoll«, flüsterte sie und spürte, wie ihr das Blut ins Gesicht stieg.

Dann dachte sie daran, daß sie am nächsten Tag nach England zurücksegeln würden, und ein Gefühl der Angst befiel sie.

Gewiß, er mochte ein Versteck für sie finden, wo sie sicher sein konnte, aber sie würde ihn nie mehr wiedersehen.

»Ich werde ihn nie, nie vergessen«, brach es heftig aus ihr hervor, und heiß erinnerte sie sich an den Kuß, den er ihr auf die Wange gegeben hatte.

Etwas Seltsames war in diesem Moment mit ihr geschehen, und Empfindungen waren in ihr wach geworden, die sie noch nie zuvor erlebt hatte.

Völlig überraschend hatte sie den Wunsch verspürt, er möchte sie auf die Lippen küssen und nicht nur auf die Wange.

Als Mr. Hopthorne dies versucht hatte, war sie entsetzt gewesen, alles in ihr hatte dagegen revoltiert, und der Kuß eines Mannes war ihr wie etwas Widerwärtiges und entsetzlich Abstoßendes erschienen.

Doch nun war sie überzeugt, der Kuß des Marquis würde etwas ganz anderes sein, etwas, woran sie sich stets erinnern würde, wenn die Zeit gekommen wäre, da sie ihn nicht mehr sehen könnte.

Sie fragte sich, ob er wohl den Wunsch hatte, die Vicomtesse zu küssen. Umgekehrt war sie sich absolut sicher, daß sich die Französin nach einem Kuß des Marquis sehnte, so wie sie sich ihm gegenüber verhalten hatte.

Sie sah die beiden vor sich, wie sie nebeneinander auf dem Sofa saßen, und wie die Frau mit ihrer gurrenden, verführerischen Stimme auf ihn einsprach.

Plötzlich begann Leila zu weinen.

*

Der Marquis verlangsamte seine Schritte, als er sich dem Haus des Grafen näherte.

Er dachte an Leila und ihr Problem, und er überlegte, wie er ihr helfen könnte.

Er war sich darüber im klaren, daß die Leute sie innerhalb kurzer Zeit für seine Geliebte halten würden, wenn er auf ihren Vorschlag einging und ihr ein Häuschen auf seinem Gutsgelände gab.

Natürlich war sie viel zu unschuldig, um von sich aus auf diesen Gedanken zu kommen.

Doch wenn er sie vor der Begierde anderer Männer schützen wollte, dann auch vor dem Makel, der ihrem guten Ruf drohte, wenn die Leute anfingen über sie zu reden, weil sie glaubten, Leila würde von ihm ausgehalten.

»Was kann ich tun?« fragte er sich immer wieder. »Was, zum Teufel, kann ich nur tun!«

Er betrat den Wohnraum, wo die Vicomtesse mit dem Grafen flirtete.

»Haben Sie das Kind zu Bett gebracht?« erkundigte sie sich, als sie ihn erblickte. »Ich fürchte, auf der Rückreise nach England werden Sie feststellen, daß die Kleine keine sehr kurzweilige Begleiterin ist. Frauen leiden ständig unter Seekrankheit.«

Der Marquis gab ihr keine Antwort. Zu deutlich spürte er die Boshaftigkeit, die in ihrer Stimme mitschwang.

Er mochte so etwas nicht, vor allem jetzt nicht, da es Leila betraf.

Eine Erkenntnis, die ihn aufs höchste überraschte.

So, als hätte er die Bemerkung der Frau nicht gehört, steuerte er auf das Tablett mit den Getränken zu, das in einer Ecke des Zimmers stand, und sagte: »Darf ich mir einen Drink eingießen, Hans?«

»Natürlich«, erwiderte der Graf. »Es steht Champagner da oder was du sonst magst.«

»Ich bin nur durstig«, antwortete der Marquis und goß sich ein Glas Wasser ein.

»Kommen Sie und setzen Sie sich!« forderte ihn die Vicomtesse auf und klopfte mit der Hand leicht auf den Platz an ihrer Seite. »Erzählen Sie mir etwas von sich!«

»Tut mir leid«, erwiderte der Marquis mit unnahbarer

Stimme, »Ich bin nur hergekommen, um Ihnen gute Nacht zu sagen, da ich beabsichtige, morgen in aller Frühe die Anker zu lichten. Und ich möchte noch gern ein paar Worte mit meinem Kapitän wechseln, bevor er seine Kajüte aufsucht.«

Die Vicomtesse stieß einen leisen Protestschrei aus, doch der Graf, der erkannt hatte, daß sein Freund wirklich gehen wollte, erhob sich lächelnd.

»Du weißt, wie leid es mir tut, daß du Holland schon so rasch wieder verlassen willst, Carew«, sagte er. »Aber du mußt zugeben, daß ich dir einige prächtige Gemälde beschafft habe.«

»Dafür bin ich dir auch sehr dankbar«, antwortete der Marquis, »und ich schlage vor: Wenn Seine Majestät mich das nächste Mal besucht, kommst du nach Kyne und erzählst ihr, wie clever du gewesen bist.«

Der Graf lachte.

»Ich bin dir sehr dankbar für die Einladung. Doch, um ehrlich zu sein, käme ich lieber einmal, wenn du alleine bist. Bilder sehe ich in Holland genug, wenn ich nach England komme, möchte ich lieber einige Tage auf dem Rücken eines deiner großartigen Pferde zubringen.«

Der Marquis lächelte.

»Sie stehen stets zu deiner Verfügung.«

»Pferde, Pferde!« rief die Vicomtesse unwillig. »Können Engländer denn von nichts anderem reden!«

Sie war verärgert darüber, daß der Marquis schon ging, und sie wußte, daß der Versuch, ihn zu umgarnen, gründlich fehlgeschlagen war.

Der Marquis hob ihre Hand flüchtig an seine Lippen. »Auf Wiedersehen, Madame, es war mir ein großes Vergnügen, Sie kennengelernt zu haben.«

Er und Hans gingen zur Tür. Draußen in der Halle sagte der Graf: »Dein kleiner Schützling ist das Wunderbarste, was ich seit Jahren gesehen habe. Ich bin bereit, den Brautwerber für dich zu spielen, falls du möchtest.«

Der Marquis lachte erneut.

Dann meinte er: »Sie ist nicht mein Schützling, und sie hat sehr konkrete Vorstellungen von dem Mann, den sie einmal zu heiraten wünscht.«

»Du enttäuschst mich!« erwiderte der Graf.

Dann hängte er sich beim Marquis ein und versetzte: »Wie ich von früher weiß, hat es keinen Sinn, sich mit dir auf einen Wettstreit einzulassen. Du gewinnst das Rennen sowieso, ob es sich nun um Pferde oder um Frauen handelt.«

»Das ist wirklich mal ein Kompliment, das mir gefällt«, rief der Marquis in scherzhaftem Ton.

Sie lachten beide, während er die Freitreppe hinunterstieg und sich auf den Weg zu seiner Yacht machte.

*

Der Kanal wirkte sehr romantisch mit den vielen Lichtern, die aus den Häusern und Hausbooten strahlten und sich deutlich auf der glatten Wasserfläche spiegelten.

Der Marquis ertappte sich bei dem Gedanken, welch wunderbarer Hintergrund der sternenübersäte Himmel für Leila gewesen war.

Dann sagte er sich, daß es falsch gewesen war, sie auf die Wange zu küssen.

Verärgert erinnerte er sich an die Gefühle, die er dadurch in sich wach gerufen hatte. Und durch Leilas Körper war ein Zittern gelaufen.

»Sie sieht in mir eine Art Vaterfigur«, murmelte er trotzig vor sich hin.

Doch als er die Gangway betrat, wußte er: Wie sehr er auch versuchen mochte, es vor sich selbst zu verleugnen, er freute sich ganz wahnsinnig auf die Reise nach England, und das nur, weil sie bei ihm sein würde.

*

Sie liefen später aus, als der Marquis es beabsichtigt hatte, aber es war immer noch zu früh für Graf Hans, der ja eigentlich hatte kommen wollen, um sich von Leila und ihm zu verabschieden.

Sie ließen die riesige Bucht hinter sich, an der Amsterdam früher nichts anderes gewesen war als ein kleines Fischerdorf.

Der Marquis stand auf der Brücke, als die *Heron* an den Speicherhäusern, den Schiffswerften und den kleinen Kaianlagen, an denen die verschiedensten Handelsschiffe vertäut waren, vorbeiglitt.

Sie erreichten die Einfahrt in den Nordseekanal.

Die großen Schleusen, die jetzt kamen, interessierten den Marquis diesmal überhaupt nicht.

Er ging in den Salon, wo der Tisch für das Frühstück gedeckt war.

Doch nur der Steward befand sich im Raum. Von Leila gab es nicht die geringste Spur.

Sie schläft sicher noch, dachte der Marquis. Und schlafen war das beste, was sie nach den aufregenden Geschehnissen des vergangenen Tages tun konnte.

Erst als die *Heron* die offene See erreicht hatte, erschien Leila an Deck. Obwohl es natürlich völlig lächerlich war, kam dem Marquis der Gedanke, daß sie noch schöner und anmutiger aussah, als er sie in Erinnerung hatte.

Verwirrt von der Tatsache, daß er überhaupt auf derart schwärmerische Ideen verfiel, sagte er spöttisch: »Ich fing schon an zu glauben, Sie wären Mijvrouw Rip van Winkel oder ich hätte Holland versehentlich ohne Sie verlassen.«

»Ich schäme mich, daß ich so lange geschlafen habe«, antwortete sie, »aber es ist schrecklich aufregend auf einer so wundervollen Yacht durch die Wellen zu gleiten.«

»Es ist tatsächlich ein schöner Tag«, sagte er geistesabwesend.

Wie Leila so voller Eifer auf die sonnenbeschienene Wasserfläche hinausschaute, kam sie ihm vor wie ein Kobold oder wie eine Meerjungfrau, die an Bord gekommen war, um die Menschen auf dem Schiff zu verzaubern.

Doch dann drehte er sich auf dem Absatz um, verärgert über seine romantischen Anwandlungen, und ging mit raschen Schritten in Richtung Salon.

Leila folgte ihm.

»Da ein leichter Seegang herrscht«, sagte er, nachdem sie den Raum betreten hatte, »ist es am besten, hier Platz zu nehmen. Oder haben Sie das Gefühl, seekrank zu werden?«

»Auf der Fahrt nach Holland habe ich mich nicht im geringsten krank gefühlt«, erwiderte Leila. »Obwohl Nanny die Reise nur überstanden hat, indem sie unzählige Tassen Tee trank, was sie auch jetzt wieder tut.«

»Aber Sie brauchen das nicht, oder?«

»Nein, ich bin nur froh, daß ich hier sitzen und mich mit Ihnen unterhalten kann«, erwiderte Leila schlicht.

Im Geiste verglich er ihre Art zu sprechen mit der der Vicomtesse, die in einer solchen Situation die gleichen Worte zu ihm hätte sagen können.

Doch bevor er etwas darauf erwidern konnte, war Leila schon dabei, ihn mit einer Unmenge sehr intelligenter Fragen über seine Yacht zu überschütten.

Dann wollte sie wissen, um wieviel Zeit sich die Überfahrt mit der Yacht gegenüber der Fahrtdauer der Dampffähre, mit der sie gefahren war, verkürzte.

Später nahmen sie gemeinsam das Luncheon ein. Dabei sprachen sie wieder über alle möglichen Dinge, nur nicht über die schwierige Frage ihrer Unterbringung in England.

Schließlich aber sagte Leila mit leicht stockender Stimme: »Haben Sie schon einen Platz für mich gefunden, an dem ich mich verstecken kann, wenn wir England erreicht haben?«

»Ich habe mir darüber bereits allerhand Gedanken gemacht«, erwiderte der Marquis. »Aber das einzige, was mir im Moment einigermaßen praktikabel zu sein scheint, ist ein Gespräch mit einem Mitglied meiner Familie. Ich denke da an eine Tante, die nach dem Tode ihres Mannes sehr zurückgezogen lebt und die die einzige ist, an die ich mich mit Ihrem Problem wenden könnte.«

»Wohnt Ihre Tante in London?« fragte Leila.

Der Marquis nickte.

»Dann hat sie vielleicht schon von meinem Stiefvater gehört, oder ihre Freunde sind ihm bereits auf der Rennbahn begegnet.«

Daran hatte der Marquis auch schon gedacht, und er

sagte: »Schwierigkeiten wird es überall geben — wohin Sie auch gehen werden.«

»Vielleicht wäre es doch besser gewesen, ich wäre in Holland geblieben«, murmelte Leila, als spräche sie zu sich selbst. »Doch da ich jetzt nicht mehr im Hause der Tante hätte wohnen können, wäre der Aufenthalt dort wohl sehr teuer für uns geworden.«

»Haben Sie denn Geld?« erkundigte sich der Marquis besorgt.

Leila errötete und senkte den Blick.

»Doch, Geld habe ich genug«, antwortete sie und fügte einschränkend hinzu: »Wenn wir sparsam sind.«

»Ich würde gerne genau wissen, wieviel es ist«, bohrte der Marquis weiter.

»Mein Stiefvater gab mir fünfzig Pfund, die ich für meine Aussteuer verwenden sollte«, stammelte Leila. »Einiges davon haben wir natürlich für die Fahrt nach Holland gebraucht.«

»Fünfzig Pfund!« rief der Marquis. »Wie lange, sie törichtes Kind, glauben Sie, wird diese Summe ausreichen!«

»Vielleicht könnte ich mir eine Arbeit suchen«, murmelte Leila.

Der Marquis gab ihr keine Antwort, und nach einer kurzen Pause fuhr sie, ohne zu überlegen, fort: »Ich male ganz gut, und vielleicht könnte ich ja einige Bilder verkaufen.«

Der Marquis stieß einen überraschten Laut aus.

»Gott im Himmel, das habe ich doch total vergessen!«

»Was?« fragte Leila.

»Die Vermeer-Skizze, die Sie mir gebracht haben. Der Graf legte sie in eine Schublade, um sie vor den Kunsthändlern, die mir einige Bilder zum Kauf anbieten wollten, zu verstecken, und ich habe dann einfach nicht mehr daran gedacht.«

Leila war plötzlich sehr still.

Dann sagte sie: »Ich ... ich muß Ihnen etwas gestehen, Mylord!«

»Gestehen — was denn?« fragte der Marquis.

Er sah, wie sie die Hände in einer Geste äußerster Verwirrung ineinander verschränkte.

Er sah auch, daß sie mit einem Mal aschfahl im Gesicht geworden und der Ausdruck panischer Angst in ihre Augen zurückgekehrt war.

»Regen Sie sich nicht auf!« versuchte er, sie zu beruhigen. »Graf Hans wird mir die Skizze schicken, sobald er merkt, daß ich sie bei ihm vergessen habe.«

»Es ... das ist es nicht«, sagte Leila. »Es ist etwas anderes — etwas, das Sie sehr ärgerlich machen wird.«

Erstaunt schaute der Marquis sie an und überlegte, was sie ihm wohl zu sagen haben könnte.

Nach einer Weile meinte Leila mit einer Stimme, die er kaum zu verstehen vermochte: »Die Skizze ist eine Fälschung!«

»Eine Fälschung?«

Der Marquis sprach lauter, als er es gewollt hatte.

»Was meinen Sie damit — sie ist eine Fälschung?«

»Ich ... ich habe sie gemalt.«

Sekundenlang vermochte er sie nur anzustarren — den Ausdruck absoluter Fassungslosigkeit in seinen Zügen.

»Sie haben das Bild gemalt?« rief er aus. »Wie können Sie so etwas sagen! Wie wollen Sie etwas Derartiges gemalt haben!«

»Ich war dabei, für Tante Edith eine Kopie des Vermeer-Gemäldes anzufertigen, weil sie ja nicht mehr ins Mauritshuis gehen konnte, als mich ein Mann ansprach.«

»Was für ein Mann? Wer war er?«

»Es war Mijnheer Nijsted, ein Kunsthändler, und er sagte zu mir, wenn ich Ihnen das Bild geben und behaupten würde, es sei eine Ölskizze, die Vermeer zu seinem Mädchenbildnis angefertigt habe, dann könnte ich mit dem Geld, das ich von Ihnen dafür bekäme, sämtliche Kosten für Tante Ediths Operation bestreiten.«

Die Worte kamen nur stoßweise über ihre Lippen.

Entsetzt sah sie, daß der Marquis sie anschaute, eine steile Falte zwischen den Brauen.

»Und da brachten Sie mir also diese Kopie und logen mich ganz bewußt und vorsätzlich an!«

»Ich ... ich weiß ja, daß es falsch war.«

»Falsch?« Der Marquis schrie das Wort laut hervor. »Gibt es denn keine Frau auf der Welt, die nicht doppelzüngig, verlogen und hinterhältig ist! Verdammt, und ich habe Ihnen vertraut!«

Er sprach mit einer solchen Heftigkeit, daß Leila spürte, wie ihr die Tränen in die Augen schossen.

Der Marquis war während der letzten Worte aufgesprungen. Nun trat er an eins der Bullaugen und blickte auf die See hinaus.

Leila hatte das Gefühl, seinen Unwillen und seinen Zorn nicht ertragen zu können. Die Tränen liefen ihr über die Wangen, als sie auf Zehenspitzen den Salon verließ, nach draußen schlüpfte und hinab in ihre Kajüte eilte.

Verzweifelt und niedergeschlagen dachte sie, daß es nun aus wäre zwischen ihnen. Nach ihrem Geständnis würde der Marquis gewiß nichts mehr von ihr wissen wollen.

Sie war überzeugt, daß er sie zutiefst verachtete.

Blind vor Tränen suchte sie sich den Weg durch ihre Kajüte.

Der Gedanke durchzuckte sie, es wäre bestimmt das beste, wenn sie sich einfach über die Reling ins Meer stürzte.

Dann gab es endlich keine Probleme und Sorgen mehr für sie.

Die Ausweglosigkeit ihrer Lage stand ihr in aller Deutlichkeit vor Augen, jetzt, da es die Freistatt, die sie bei ihrer Tante gefunden hatte, nicht mehr gab.

Sie stand da ohne Geld und ohne die Hilfe des Marquis, mit der sie so fest gerechnet hatte.

Sie wußte, es war nur noch eine Frage der Zeit, bis Nanny und sie sich gezwungen sahen, zu Sir Robert zurückzukehren, wenn sie nicht elend verhungern wollten.

Und Sir Robert würde sie dann auf der Stelle dazu verdammen, Mr. Hopthorne zu heiraten, und wenn sie erst einmal die Frau dieses Mannes geworden war, würde es für sie nie wieder ein Entrinnen geben.

»Mir wird nichts anderes übrigbleiben, als mir das Leben zu nehmen, Papa«, sagte sie zu ihrem Vater.

Sie überlegte, wie sie sich ins Meer stürzen könnte, ohne daß es von einem Mitglied der Mannschaft bemerkt würde. Entsetzlich der Gedanke, jemand an Bord könnte sie bemerken und im letzten Moment vor dem Ertrinken retten!

Sie bewegte sich auf eins der Bullaugen zu.

Es geschah mit schwankenden Schritten, denn da sie sich der englischen Küste näherten, war die See rauher geworden, und der Wind peitschte die Wellen immer heftiger.

Dann hatte sie das Bullauge erreicht und blickte hinaus auf das Wasser.

Doch was sie sah, war nur verschwommen, denn die Tränen rannen ihr immer noch über die Wangen.

»Ich liebe ihn — ich liebe ihn«, flüsterte sie, »und nun wird er nie mehr ein Wort mit mir sprechen.«

Alles kam ihr hoffnungslos vor, und sie fühlte sich unsagbar elend und verloren.

Ein leichtes Schwindelgefühl erfaßte sie. Sie streckte die Hand aus und fand Halt am Bücherregal.

Vergeblich versuchte sie nach draußen zu schauen.

Dann gab es plötzlich eine gewaltige Erschütterung, die den ganzen Schiffskörper durchlief und von einem explosionsartigen Geräusch begleitet wurde.

Das schwere Rundfenster des Bullauges schwang auf, und Leila erhielt einen Stoß gegen den Kopf.

Wie vom Blitz getroffen schlug sie zu Boden und verlor augenblicklich das Bewußtsein.

*

Der Marquis stand reglos am Bullauge und starrte aufs Meer hinaus.

Langsam schien der Zorn in ihm zu verrauchen, der Aufruhr der Gefühle legte sich.

Er konnte es nur schwerlich glauben, daß Leila, die ihm so lieb, rein und unschuldig vorgekommen war, versucht haben sollte, ihn zu hintergehen.

Unwillkürlich dachte er an Lady Burton und Dolly Leslie, die es ebenso gemacht hatten.

Sie waren schuld daran gewesen, daß er England fluchtartig verlassen hatte.

Und nun, auf seiner Rückreise, erlebte er zum drittenmal die Enttäuschung durch eine Frau, die vorgehabt hatte, ihn zu betrügen und zum Narren zu halten.

»Zum Teufel mit ihr!« stieß er zähneknirschend hervor. »Zum Teufel mit allen Frauen auf der Welt!«

Doch dann regte sich ein Gefühl der Beschämung in ihm.

Es war sehr ungewöhnlich, daß er dermaßen die Kontrolle über sich verlor.

Er konnte dies nur damit erklären, daß er Leila hatte beschützen und umsorgen wollen, weil sie ihm so jung und hilflos erschienen war.

Nun, da sein Atem wieder ruhiger ging, klang sein Ärger langsam ab.

Er begriff, daß es einem Mädchen in ihrer Situation sehr leicht passieren konnte, den Einflüsterungen eines mit allen Wassern gewaschenen Kunsthändlers zu erliegen. Zumal es ihr dabei nicht um den eigenen Vorteil, sondern einzig und allein um die Hilfe für einen anderen Menschen gegangen war.

Hans hatte ihm eine Menge über die holländischen Kunsthändler und deren verbrecherische Methoden, arglosen Kunden das Geld aus der Tasche zu ziehen, erzählt.

Es waren die gleichen gemeinen und hinterhältigen Tricks, wie sie auch beim Pferdehandel angewendet wurden.

Skrupellose Händler lobten ein minderwertiges Tier über den grünen Klee, fälschten dessen Stammbaum, und fanden irgendein »Greenhorn«, das bereit war, ihnen eine exorbitante Summe für ein Pferd zu zahlen, das höchstens ein Viertel des verlangten Preises wert war.

Wenn er es sich recht überlegte, konnte er verstehen, daß Leila in ihrem verzweifelten Bemühen, Geld für die

Operation der geliebten Tante aufzutreiben, bereit gewesen war, nach jedem Strohhalm zu greifen.

Es war der Händler, der sie auf die Idee gebracht hatte, ihn derart zu übervorteilen.

Und da er sah, wie schön sie war, hatte es für Nijsted festgestanden, daß er, der Marquis, ihr eher einen hohen Preis für die Skizze zahlen würde als einem Händler, der sie ihm gezeigt hätte.

Und ohne Zweifel würde Nijsted mindestens die Hälfte des gezahlten Geldes für sich behalten haben.

So etwas wie Schadenfreude erfüllte den Marquis, als er daran dachte, wie enttäuscht der Händler sein würde, wenn er erfuhr, daß Leila Amsterdam verlassen hatte, ohne daß das Geschäft, zu dem er sie hatte mißbrauchen wollen, zustande gekommen war. Schließlich war dem Mann ja ein beachtlicher Batzen Geld durch die Lappen gegangen!

Langsam wandte sich der Marquis um, und immer noch kostete es ihn einige Überwindung, als er sagte: »Es tut mir leid, Leila, daß ich Sie beschimpft habe!«

Überrascht stellte er fest, daß der Salon leer und Leila gegangen war.

Soll ich ihr folgen? überlegte er.

Plötzlich riß ihn ein lautes Krachen aus seinen Gedanken, und er spürte, wie der ganze Schiffsrumpf erbebte.

Es mußte einen Zusammenstoß gegeben haben, anders konnte sich der Marquis das Geschehen nicht erklären.

Waren sie auf einen Felsen gelaufen?

Eben wollte er den Salon verlassen, um der Ursache des Unfalls nachzugehen, als der Brückenmaat völlig außer Atem in den Raum stürmte.

Noch bevor der Marquis etwas sagen konnte, rief der Mann: »Ein Trawler hat uns gerammt, M'lord, und zwar mittschiffs steuerbord. Ich bin auf dem Weg nach unten, um nachzuschauen, ob die Kajüte der Lady beschädigt wurde.«

»Das übernehme ich«, entschied der Marquis mit scharfer Stimme.

Er rannte die Kajüttreppe hinunter und den Gang entlang.

Aufgeregt riß er die Tür zu Leilas Kabine auf und sah, daß durch den Aufprall des Trawlers das Bullaugenfenster aufgesprungen war. Ein Schwall von Seewasser ergoß sich bei jeder Schlingerbewegung, die das Schiff ausführte, in den Raum.

Leila lag auf dem Fußboden. In einer ständig größer werdenden Wasserlache.

Der Marquis beugte sich über sie, um sie aufzuheben, und zuckte jäh zurück.

Entsetzt stellte er fest, daß der Rahmen des Bullaugenfensters sie beim Aufschwingen an der Schläfe getroffen hatte.

Gesicht und Haare waren voller Blut.

Als er sie auf die Arme nahm, durchzuckte ihn wie ein Dolchstich der Gedanke, sie wäre tot.

In diesem Augenblick wußte er, daß er sie liebte, wie er noch nie eine Frau geliebt hatte.

*

Leila erwachte aus ihrer Bewußtlosigkeit, und es war ihr, als befände sie sich in einem langen, dunklen Tunnel, an dessen Ende sich ein schwacher Lichtschein zeigte.

Sie hatte das Gefühl, als hätte sie sehr lange geschlafen und als könnte sie nur mit Mühe die Augen öffnen.

Doch dann hatte sie es geschafft, und sofort erinnerte sie sich daran, daß sie sich auf der Yacht des Marquis befand und dieser sehr böse auf sie war.

Dann sah sie den Baldachin, der sich über dem Bett spannte, in dem sie lag, und den sie zuvor noch nie bemerkt hatte.

Überhaupt erkannte sie die Dinge um sich her allmählich wieder klar und scharf umrissen, und sie stellte fest, daß sie in einem Raum lag, der sehr groß war.

Als sie einen leisen Überraschungslaut ausstieß, erhob sich Nanny von einem Stuhl am Fenster, auf dem sie gesessen hatte, und trat zu ihr ans Bett.

»Sind Sie wieder bei Bewußtsein, Liebes?« fragte die alte Kinderfrau.

Leila wollte die Hand nach Nanny ausstrecken, mußte aber erkennen, daß es sie zu viel Mühe kostete.

»Wo bin ich?« flüsterte sie stockend.

»Sie sind in Sicherheit, und alles ist in Ordnung.«

»Was . . . was ist geschehen?«

»Sie sind verletzt worden, aber schlafen Sie schnell wieder ein, morgen werde ich Ihnen alles erzählen.«

Leila hätte gerne sogleich gewußt, was passiert war, war jedoch zu müde, um weiter nachzufragen.

Sie schloß die Augen und war sofort wieder eingeschlafen.

*

»Da! Sie sehen schon wieder ganz aus wie Sie selbst — bis auf die häßliche Schramme an Ihrer Stirn!« rief Nanny.

»Sieht es sehr schlimm aus?« wollte Leila wissen.

»Ein großer schwarzer Fleck, als wären Sie im Krieg gewesen, das ist alles«, erwiderte Nanny. »Aber der Doktor meinte, bald werde alles wieder verschwunden sein, und nicht einmal eine winzige Narbe bleibe zurück.«

Leila ließ einen Seufzer der Erleichterung hören.

Alles hätte viel schlimmer kommen können, dachte sie. Inzwischen hatte man ihr gesagt, daß bei dem Zusammenstoß der beiden Schiffe das Bullaugenfenster aufgeflogen war. Nicht auszudenken, wenn ihr dabei einige Zähne ausgeschlagen oder das Nasenbein gebrochen worden wäre!

Dann, als Nanny ihr das Bett gemacht hatte und das Luncheontablett ergriff, um es in die Küche zurückzubringen, fragte Leila: »Ist Seine Lordschaft verärgert, daß wir uns hier noch so lange aufhalten?«

»Er ist die Freundlichkeit in Person«, gab Nanny zur Antwort. »Und seine Tante, die hier ist, um für Sie die Anstandsdame zu machen, ist so nett und liebenswürdig wie Ihre Mutter, wie ich zugeben muß.«

In Nannys Stimme war ein Klang von Zufriedenheit.

Also, dachte Leila, fühlt sie sich wohl, findet das Essen gut und wird ausreichend mit starkem schwarzen Tee versorgt.

Nanny war an der Tür angelangt, als Leila fragte: »Wie lange sind wir schon hier?«

»Das ist heute der fünfte Tag«, erwiderte Nanny. »Und was mich betrifft, habe ich keine Eile, von hier fortzukommen.«

Sie verließ das Zimmer und schloß die Tür hinter sich.

Leila lächelte vor sich hin.

Sie verstand Nanny ja so gut.

Der Aufenthaltsort hier unterschied sich sehr deutlich

von einem Zimmer in einer schmutzigen kleinen Pension, die alles gewesen wäre, was sie sich hätten leisten können.

Sie konnte sich nicht daran erinnern, wie man sie von der Yacht, die trotz der Havarie mit dem Trawler problemlos bis Greenwich gekommen war, heruntergeschafft hatte.

»Seine Lordschaft hat Sie allein bis zu seiner Kutsche getragen«, hatte Nanny ihr erzählt, »und Sie lagen auf der Rückbank, während er und ich uns mit der schmalen Vorderbank begnügt haben.«

Das wird ihm aber nicht gefallen haben, dachte Leila, hütete sich jedoch den Gedanken zu äußern.

Ein berühmter Arzt, der auch die Königsfamilie betreute, war gerufen worden und hatte sie untersucht.

Täglich war er erschienen, um nach ihr zu sehen, und an diesem Morgen hatte er zu ihr gesagt: »Sie erholen sich von Ihrem Unfall rascher, als ich es erwartet habe, aber trotzdem müssen Sie sich noch schonen. Morgen werde ich Sie nicht besuchen, falls Seine Lordschaft mich nicht rufen läßt, aber übermorgen schaue ich wieder herein.«

»Danke für all Ihre Mühe, Doktor«, sagte Leila.

Er lächelte sie an, bevor er erwiderte: »Sie sind die schönste Patientin, die ich jemals hatte, und ich kann Ihnen versichern, daß ich schon recht viele Patientinnen behandelt habe.«

Sie errötete bei seinem Kompliment, und er lächelte erneut, als er sagte: »Machen Sie sich keine Sorgen. In spätestens einer Woche sehen Sie wieder aus wie neu. Allerdings, wenn ich Sie wäre, würde ich in der nächsten Zeit äußerst vorsichtig mit Bullaugenfenstern sein, wenn ich wieder einmal auf einer Yacht führe.« Ihre Antwort hatte er nicht abgewartet, sondern war aus dem Zimmer geeilt. Schließlich galt er überall als ein gesuchter und sehr beschäftigter Mann.

Nachdem Leila wieder allein gewesen war, hatte sie sich wie schon so oft gefragt, ab sie den Marquis jemals wiedersehen würde.

So gern hätte sie gewußt, ob er noch im Haus wäre, aber sie brachte nicht den Mut auf, jemanden danach zu fragen — auch Nanny nicht.

Falls er noch im Haus war, hatte er mit Sicherheit einige seiner eleganten Freunde und Freundinnen um sich.

An sie, seinen unerwünschten Gast, auf den er immer noch böse war, verschwendete er gewiß keinen Gedanken mehr.

»Warum habe ich nicht den Mut aufgebracht, Mijnheer Nijsteds Ansinnen von Anfang an zurückzuweisen?« fragte sie sich verzweifelt.

Doch dann fiel ihr ein, daß sie dem Marquis ja nie begegnet wäre, wenn sie es getan hätte.

Wie verärgert er auch auf sie sein mochte, sie war dem Schicksal dankbar, daß sie ihn kennengelernt hatte — auch wenn sie sein Haus verlassen mußte, ohne ihn noch einmal gesehen oder gesprochen zu haben.

Und auch den Kuß auf die Wange, den er ihr gegeben hatte, würde sie nicht vergessen.

Inzwischen wußte sie, daß das, was sie dabei gefühlt hatte, Liebe war.

Es war die Liebe, die wie der Sonnenschein war, wie das Sternenlicht, wie die Schönheit, der sie in Den Haag begegnet war — vor allem in Vermeers Mädchenbildnis.

Ja, mit all dem war die Liebe, die plötzlich in ihr aufgeblüht war, zu vergleichen. Und doch war sie sehr viel mehr.

Es war ein Gefühl, das ihr den Wunsch eingab, den geliebten Mann anzubeten und zu vergöttern, weil er so einmalig und wunderbar war.

Daß er ihr nun mißtraute und sie verachtete, war wie der Sturz aus dem Himmel, wie der Sturz in den Abgrund, mit dem Gott den Erzengel Luzifer bestraft hatte.

Seitdem durchlitt sie Höllenqualen.

»Ich liebe ihn, ich liebe ihn!« flüsterte sie, wie sie es schon tausendmal getan hatte, und sie spürte, wie ihr die Tränen in die Augen traten.

Es klopfte an die Tür.

Gleich darauf öffnete jemand die Tür und betrat das Zimmer, ohne ihre Antwort abzuwarten.

Sie glaubte, es wäre eins der Zimmermädchen, und drehte den Kopf zur Seite, um sich unbemerkt die Tränen aus den Augen zu wischen.

Dann näherten sich Schritte, und als sie aus den Augenwinkeln erkannte, daß es der Marquis war, stieß sie einen leisen Schreckenslaut aus.

»Sir William sagte mir, Sie dürften ab jetzt Besuch empfangen«, sagte er. »Also bin ich hier, um Sie zu sehen.«

Weil es so aufregend für sie war, ihn wiederzusehen, und vor allem, weil sie überhaupt nicht mehr damit gerechnet hatte, verschlug es Leila regelrecht die Sprache.

Aus tränenfeuchten Augen blickte sie ihn freudestrahlend an, überglücklich darüber, daß er da war.

Er sieht noch stattlicher aus und noch wunderbarer als jemals vorher, dachte sie.

Sekundenlang sahen sie einander nur an.

Dann ließ sich der Marquis auf dem Rand ihres Bettes nieder.

»Es tut mir schrecklich leid, daß Ihnen dies passieren mußte«, sagte er.

»Sind Sie mir nicht mehr böse?« flüsterte sie.

Die Frage war für sie von einer solch lebenswichtigen Bedeutung, daß sie seiner Antwort richtig entgegenfieberte.

Sie hätte eigentlich wissen müssen, was er ihr erwidern würde.

Er streckte seine Hand aus und ergriff die ihre.

Ein Zittern durchlief Leila, als er sie berührte.

»Sie haben mir vergeben«, sagte er. »Ich schäme mich ja so für meine Unbeherrschtheit — dafür, daß ich Sie angeschrien habe, und auch für das, was ich dabei gesagt habe.«

»Immer wieder habe ich mir gewünscht, doch nur nicht auf Mijnheer Nijsted gehört zu haben«, murmelte Leila. »Aber wenn ich es nicht getan hätte, würde ich Ihnen ja niemals begegnet sein.«

Die Hand des Marquis schloß sich noch fester um die ihre.

»Und Sie sind froh, daß es so war?«

»Ja, sehr froh.«

Sie schaute zu ihm auf, und es schien zwischen Ihnen keiner Worte mehr zu bedürfen.

Beide hatten sie einander Dinge gesagt, die den ganzen Raum mit einem unvorstellbaren Licht erfüllten.

»Hast du keine Schmerzen mehr?« fragte der Marquis liebevoll, ohne zu merken, daß er in das vertraute Du übergewechselt war.

Er blickte, während er sprach, auf den blaugrauen Fleck an ihrer Schläfe, die auf Anweisung Sir Williams nicht mehr von einem Verband verdeckt wurde.

»Ist es sehr häßlich?« erkundigte sich Leila.

»Du siehst wundervoll aus, Leila«, antwortete der Marquis, »so wundervoll, daß ich nie den Gedanken ertragen könnte, du wärst verletzt oder es gäbe irgend etwas, was dich beunruhigen oder ängstigen könnte.«

Leila nahm an, er meinte die Tatsache, daß sie sich irgendwo verstecken und sein Haus nun bald verlassen müßte.

Ihre Finger verkrampften sich jäh, bevor sie das Gesicht abwandte und sagte: »Ich... ich weiß, es ist eine Zumutung von mir und Nanny, hier zu sein — und sobald ich aufstehen darf, werden wir auch gehen.«

»Und wohin werdet ihr gehen?«

Er sah das Entsetzen in ihren Augen.

Ohne daß sie es ihm sagte, wußte er, sie hatte die Hoffnung, ihrem Stiefvater auf die Dauer entfliehen zu können, aufgegeben. Sie schien überzeugt zu sein, daß sie sich über kurz oder lang gezwungen sehen würde, doch zu ihm zurückzukehren.

Ihre Lippen bebten, bevor sie mit einer Stimme, die sehr tapfer klang, sagte: »Ich werde schon etwas finden — ich möchte Ihnen nämlich nicht zur Last fallen.«

»Glaubst du wirklich, ich würde dich gehen lassen, ohne sicher zu sein, daß dir nichts zustoßen kann?« fragte der Marquis.

In seiner Stimme war ein Klang, der sie innerlich erbeben ließ.

Er bewirkte in ihr das gleiche Gefühl der Wärme, das sie schon einmal erlebt hatte.

»Ich nehme an, daß alles gut werden wird.«

»Ich möchte dich etwas fragen«, sagte der Marquis mit veränderter Stimme, »Und du mußt mir versprechen, daß du mir darauf eine offene und ehrliche Antwort gibst, Leila.«

Sie glaubte, er würde ihr immer noch nicht trauen, und sagte hastig: »Ich verspreche Ihnen, daß ich die Wahrheit sagen und Sie nie ... nie wieder anlügen werde!«

Sie war sich nicht sicher, ob er ihr glauben würde.

»Bitte, glauben Sie mir! Ich schwöre Ihnen, daß ich nie mehr lügen werde. Mama hat mich dazu erzogen, stets die Wahrheit zu sagen, und ich habe auch nie etwas anderes getan bis auf dieses eine Mal, wo es darum ging, Tante Edith zu helfen. Nur aus dem Grund habe ich das Bild als eine Skizze Vermeers ausgegeben. Verstehen Sie mich doch, und verzeihen Sie mir!«

Sie legte eine kurze Pause ein und sagte dann noch einmal: »Bitte, bitte, verzeihen Sie mir!«

Ihre Worte kamen aus tiefster Seele, und Leila hatte eine solche Not, er könnte ihr nicht glauben, daß sie nicht bemerkte, wie der Marquis sich vorbeugte und sich sein Gesicht dem ihren immer mehr näherte.

»Beantworte mir eine Frage«, sagte er mit seiner dunklen, wohlklingenden Stimme. »Sag mir ehrlich und aufrichtig, was du mir gegenüber empfindest!«

»Ich ... ich glaube, Sie sind wundervoll. Kein Mann könnte so freundlich und hilfsbereit sein wie ...«

Er unterbrach sie.

»Vergiß das!« verlangte er.

»Ich will von dir nur wissen, ob du mir gerne etwas sagen möchtest.«

»Ob ich Ihnen etwas sagen möchte?« Leila stockte,

dann fuhr sie fort: »Was könnte ich Ihnen sagen wollen, außer daß ich . . .«

Sie schwieg.

»Ich möchte, daß du den Satz zu Ende sprichst!« sagte der Marquis drängend.

»Das kann ich nicht!«

»Warum nicht?«

»Weil Sie es bestimmt nicht hören wollen und weil Sie über mich lachen könnten.«

»Ich würde nie über dich lachen! Ich habe noch kein einziges Mal über etwas gelacht, was du zu mir gesagt hast.«

Der Marquis blickte sie aus ernsten, fordernden Augen an und verlangte mit beschwörender Stimme: »Sag es mir, Leila! Sag mir die Wahrheit, du hast es mir versprochen!«

Sie schaute ihm in die Augen, die den ihren nun ganz nahe waren.

Dann flüsterte sie beinahe unhörbar und so, als ob es eine fremde Stimme wäre und nicht ihre eigene, die da sprach: »Ich . . . ich liebe dich!«

»So wie ich dich liebe!« erwiderte der Marquis und spürte in diesem Augenblick, wie ein nie gekanntes Glücksgefühl ihn erfaßte.

Dann waren seine Lippen auf den ihren, und Leila hatte wie schon einmal das Gefühl, das Licht des Mondes und der Sterne durchströmte sie.

Anfangs küßte er sie sehr sanft und zärtlich, als wäre sie etwas unendlich Kostbares, und als fürchtete er, sie zu erschrecken.

Voller Staunen spürte er die Süße, Weichheit und Unschuld ihrer Lippen.

Dann erkannte er die Ekstase, die sie ergriffen hatte, und fühlte, wie auch er davon erfaßt wurde.

Sofort wurde sein Kuß verlangender und leidenschaftlicher.

Mit sanfter Gewalt preßte er Leila noch tiefer in die Kissen und küßte sie so ungestüm und heftig, bis es ihnen beiden den Atem nahm.

Erst als er den Kopf hob, stieß sie mit vor Entzücken bebender Stimme hervor: »Ich liebe dich! Ich liebe dich!«

Und als er nichts darauf erwiderte, fragte sie ängstlich: »Du hast gesagt, daß du mich liebst — bist du also nicht mehr böse auf mich?«

»Ich bete dich an. Und ich war nur böse auf dich, weil ich es für unmöglich hielt, daß du etwas sagen oder tun könntest, was mir schaden würde.«

»Wirst du mir vergeben?«

»Es gibt nichts zu vergeben«, sagte er. »Es sei denn, du denkst an Wiedergutmachung, das ist natürlich etwas, was du tun kannst.«

»Und wie?«

»Heirate mich, so schnell wie möglich!« sagte der Marquis lächelnd. »Ich kann nämlich nicht mehr leben ohne dich, mein Liebling.«

Ihr Gesicht schien von innen her zu leuchten, und ihre Augen waren groß und glänzend, als sie nun zu ihm aufblickte.

»Möchtest du wirklich, daß ich deine Frau werde?« fragte Leila.

»Ich dachte, ich haßte die Frauen, und ich war entschlossen, nie oder erst in vielen Jahren zu heiraten«, gestand ihr der Marquis. »Aber jetzt kann ich nicht mehr warten. Wir werden heiraten, sobald ich die dazu notwendige Sondererlaubnis eingeholt habe.«

Plötzlich wurde sich Leila bewußt, ihr Stiefvater würde ihr nichts mehr anhaben können, sobald sie erst einmal verheiratet war.

Doch weil sie ihrem Glück noch nicht so recht traute und in ihrem Innern immer noch ein wenig von der alten Angst verspürte, sagte sie: »Brauchst du denn zu unserer Heirat nicht die Erlaubnis meines Vormunds?«

»Das wär' ja noch schöner!« erwiderte der Marquis. »Wir werden so rasch wie möglich und in aller Stille heiraten. Und sobald du meine Frau bist, soll dein Stiefvater nur kommen und behaupten, ich wäre kein passender Ehemann für dich, dann wird er aber sein blaues Wunder erleben!«

Der Marquis hielt es nicht für nötig, Leila klarzumachen, daß Sir Robert im Gegenteil außerordentlich beeindruckt und begeistert von ihm als Schwiegersohn sein würde.

Jedenfalls würde er wohl kaum der Meinung sein können, Mr. Hopthorne wäre die bessere Partie für Leila gewesen.

Leila streckte dem Marquis die Hand entgegen und sagte: »Bist du ganz sicher, ob dies alles auch wirklich ist und ich nicht träume?«

»Es ist wirklich, so wie unsere Liebe wirklich ist«, antwortete der Marquis.

Leila setzte sich auf und barg das Gesicht an seiner Brust.

»Und du hältst mich nicht für eine Fälschung?«

Der Marquis lächelte, und in seine Augen trat ein warmer Glanz.

»Du bist echt, mein einziger Schatz«, sagte er mit einer Stimme voller Zärtlichkeit.

»Bist du sicher? Ganz und gar sicher?«

»Mein Herz spricht zu deinem Herzen, und meine Lippen sprechen zu den deinen, und alles an dir gehört mir und ist wirklich und vollkommen!«

Leila stieß einen leisen Freudenlaut aus, der an den Gesang eines Vogels erinnerte.

Dann kam es flüsternd von ihren Lippen: »Ich möchte nichts anderes, als dir gehören.«

»Und Gott weiß, daß ich dich besitzen will«, antwortete der Marquis. »Du bist mein größter Reichtum, und ich habe Angst, dich auch nur für einige Sekunden aus den Augen zu verlieren. Ich könnte es nämlich nicht mehr ertragen, auch nur kurze Zeit ohne dich, mein Liebling, sein zu müssen.«

Er legte ihr die Finger unters Kinn und hob ihr Gesicht zu seinem empor.

Einen langen Augenblick schaute er sie an, bis ihre Lider vor Scheu zu flattern begannen.

»Warum gehe ich auf die Suche nach Bildern, gleichgültig, von wem sie gemalt wurden, wenn ich dich habe!« sagte er. »Mein Liebling, du bist tausendmal schöner als alle Frauen, die jemals von einem Künstler auf einer Leinwand dargestellt wurden.«

»Ich habe mir gewünscht, daß du so denken möchtest«, erwiderte Leila, »und bitte, bitte laß uns heiraten — so schnell wie möglich, wie du es gesagt hast! Damit mir dich niemand mehr wegnehmen oder abspenstig machen kann.«

Der Marquis wußte, daß sie noch immer an die Vicomtesse dachte.

»Glaubst du wirklich, irgend jemand könnte mich dir noch wegnehmen?« fragte er. »Mein Liebling, mein ganzes Leben habe ich nach dir gesucht und kaum noch damit gerechnet, dich tatsächlich zu finden. Aber dann standest du mit einem Mal vor mir und warst so schön und anbetungswürdig, daß du meine ganze Welt auf den Kopf gestellt hast.«

»Bitte, hilf mir, daß ich dies auch weiterhin tue!« sagte Leila. »Deine Welt ist so aufregend wie du selbst, und es fasziniert mich sehr mit dir darin zu leben — gleich welche Schwierigkeiten sich uns noch entgegenstellen mögen.«

Der Marquis lachte und küßte sie erneut.

Erst als sie das Gefühl hatten, das Zimmer drehte sich um sie und der Sonnenschein darin verwandelte sich in Feuer, sagte der Marquis: »Ich muß dich jetzt alleinlassen, mein Schatz, ich habe noch eine Menge sehr wichtiger Dinge zu erledigen, und vor allem muß ich mir die Ehelizenz besorgen. Glaubst du, du fühlst dich übermorgen schon gesund genug, um mit mir an den Traualtar zu treten?«

»Dazu bin ich jetzt schon gesund genug!« beteuerte Leila. »Ich fürchte höchstens, daß ich zu häßlich für dich aussehe.«

»Jetzt willst du nur Komplimente hören«, lachte der Marquis. »Ich weiß jedenfalls, daß ich keinen Tag und keine Stunde länger warten kann, als es unbedingt nötig ist.«

Er machte eine kurze Pause und fuhr dann ernst fort: »Wir werden in meiner Privatkapelle auf Kyne getraut werden, und dort werden wir auch unsere Flitterwochen beginnen.«

Leilas Augen verrieten ihm, wie sehr sie der Gedanke daran erregte.

Dann, als er sich erheben wollte, streckte sie beide Hände nach ihm aus.

»Da ist noch etwas, das ich dich fragen möchte.«

»Was denn?« fragte der Marquis.

»Bist du wirklich ganz sicher, daß du mich heiraten solltest?« sagte sie langsam. »Bestimmt bin ich nicht bedeutsam genug für dich, und deine Familie wird mich gewiß nicht als deiner ebenbürtig anerkennen.«

Der Marquis ließ ein Lachen hören, und es hatte einen glücklichen Klang.

»Mich interessiert es nicht, ob meine Familie dich anerkennt oder nicht!« rief er. »Aber ich kann dich beruhigen, mein Herz, denn alle werden so froh darüber sein, daß ich endlich heirate, daß sie dir dafür am liebsten die Füße küssen würden. Und wenn sie dann auch noch sehen, wie schön du bist, werden sie dich mit offenen Armen in ihrer Mitte aufnehmen.«

Wieder legte er ihr die Hand unters Kinn.

»Wie kann nur eine so kleine, zarte Person alles enthalten, was ich mir jemals im Leben gewünscht habe!« sagte er bewundernd. »Und was die Frage nach deiner Bedeutsamkeit betrifft, kann ich dir darauf nur folgendes antworten: Auf der Welt gibt es eine unermeßliche Zahl von Frauen, aber keine von ihnen ist für mich bedeutsamer und wichtiger als du!«

Leila lachte, weil seine Worte ihr so lustig vorkamen.

Dann sagte sie ernst: »Ich bin sicher, Papa hat mir geholfen, dich zu finden.«

»Er und deine Mutter werden uns gewiß ihren Segen zu unserer Hochzeit geben, und wir werden ein Leben lang miteinander glücklich sein«, meinte der Marquis.

Er machte eine Pause und setzte mit Nachdruck hinzu: »Und dein Stiefvater, vor dem du solche Angst hast, wird daran überhaupt nichts ändern können.«

Leila stieß einen leisen Schrei aus.

»Bitte, beeile dich und besorge uns die Sondererlaubnis! Ich habe solche Angst, er könnte noch in letzter Minute erfahren, wo ich bin, bevor du mich retten kannst.«

»Ich gebe dir mein Wort: Alle Türen des Hauses sind verschlossen, und die Dienerschaft hat Anweisung erhalten, niemanden außer meinen Freunden und denen, die mein Vertrauen haben, vorzulassen«, erwiderte der Marquis. »Was die Welt draußen angeht, so habe ich deutlich gemacht, daß es außer meiner Tante keinen Menschen gibt, den ich in den nächsten Tagen in meinem Haus sehen will.«

»Du denkst auch an alles«, sagte Leila bewundernd.

»Ich denke an dich, und für mich gibt es auf der Erde keinen anderen Menschen als dich!«

Wieder nahm er sie in die Arme und küßte sie.

Es war ein wilder, leidenschaftlicher Kuß.

Dann wanderten seine Lippen zu ihren Augen, ihrer kleinen geraden Nase und ihren Mundwinkeln.

Ihre Lippen waren bereit für seine Küsse, doch sein Mund wanderte zu ihrem Hals, und weckte Gefühle in ihr, die sie nie zuvor gekannt hatte.

Speere aus Sonnenlicht durchdrangen sie und entzündeten unruhige kleine Feuerflammen in ihr.

Sie ließ sich in die Kissen zurücksinken. Ihr Körper bewegte sich unter den Seidenlaken, und ihr Atem drang schnell und stoßweise zwischen den halbgeöffneten Lippen hervor.

Dann zog der Marquis plötzlich den Arm zurück, mit dem er sie an sich gepreßt hatte, und richtete sich auf.

In seinen Augen brennt ein Feuer, dachte Leila.

»Paß gut auf dich auf, meine kleine, wunderschöne Braut!« sagte er. »Heute abend bin ich wieder zurück und werde dir berichten, wie weit meine Vorbereitungen gediehen sind. Und du sorgst dafür, daß du ganz schnell wieder gesund wirst, denn ich möchte dich in Zukunft Tag und Nacht um mich haben.«

In seinen letzten Worten schwang ein leidenschaftlicher Ton mit, und Leila fühlte, wie sie errötete.

Dann, als er aus dem Zimmer ging, faltete sie die Hände über der Brust und schloß die Augen.

»Danke, lieber Gott, danke«, betete sie. »Wie konntest du mir nur einen so wundervollen Ehemann senden! Ich danke Dir dafür, und ich verspreche Dir feierlich, daß ich nie ... nie wieder lügen werde!«

Sie atmete tief, bevor sie hinzufügte: »Ich liebe ihn! Ich liebe ihn über alles! Bitte, schenke uns Deinen Segen und hilf mir, daß es mir gelingt, seine Liebe für immer zu behalten!«

Sie war sicher, daß Gott ihr Gebet erhört hatte, denn der Raum, in dem sie lag, war plötzlich mit einem Licht erfüllt, das heller leuchtete als die Sonne.

Es war wie ihre Liebe — göttlich und von Gott gesegnet ...

Band 12035

Barbara Cartland

Das Lügengewebe

Auf einer Amerikareise lernt der Marquis von Broxburne den Automobilfabrikanten und Multimillionär Alton Westwood kennen, der einen Generalvertreter für seine Zweigniederlassung in England sucht – und darüber hinaus einen Adelstitel für seine Tochter Mary-Lee. Die Aussicht auf den hochdotierten Posten lockt den Marquis, die auf Mary-Lee als Ehefrau jedoch nicht. Deshalb bittet er die Schwester seines Freundes, während des Besuchs der Westwoods auf Brox Hall seine Gattin zu spielen. Carol Greton willigt aus Gefälligkeit ein, ohne zu ahnen, in welches Lügengewebe sie sich verstrickt...

BASTEI LÜBBE